AF282164

Frieda Unsinn

Die Autorin, geboren im 20. Jahrhundert, lebt und arbeitet im Ruhrgebiet. »Hier gibt es nichts zu sehen. Lesen Sie bitte weiter!« ist ihr zweites Buch.

Inhaltsverzeichnis

Frieda Unsinn

Hier gibt es nichts zu sehen.
Lesen Sie bitte weiter!

Komische Geschichten,
vorwiegend heiter!

FRIEDA UNSINN

HIER GIBT ES NICHTS ZU SEHEN.

LESEN SIE BITTE WEITER!

KOMISCHE GESCHICHTEN, VORWIEGEND HEITER!

Impressum

© 2024 Frieda Unsinn

Lektorat/Korrektorat: Barbara Wenz, Textsyndikat.de

Umschlaggestaltung und Buchsatz:
Constanze Kramer, coverboutique.de

Bildnachweise: freepic.com

Verlag: BoD • Books on Demand
GmbH, In de Tarpen 42, 22848
Norderstedt

Druck: Libri Plureos GmbH
Friedensallee 273, 22763 Hamburg

ISBN: 978-3-7597-2971-2

Das Buch ist auch als eBook erhältlich.

Bibliografische Information der Deutschen Nationalbibliothek: Die
Deutsche Nationalbibliothek verzeichnet diese Publikation in der Deutschen
Nationalbibliografie; detaillierte bibliografische Daten sind im Internet über
http://dnb.d-nb.de abrufbar.

Das Werk, einschließlich seiner Teile, ist urheberrechtlich geschützt. Jede
Verwertung ist ohne Zustimmung des Verlages und der Autorin unzulässig.
Dies gilt insbesondere für die elektronische oder sonstige Vervielfältigung,
Übersetzung, Verbreitung und öffentliche Zugänglichmachung. Die auto-
matisierte Analyse des Werkes, um daraus Informationen insbesondere über
Muster, Trends und Korrelationen gemäß §44b UrhG (»Text und Data
Mining«) zu gewinnen, ist untersagt. Die verwendeten Produktnamen sind
Warenzeichen der jeweiligen Hersteller. Die im Text verwendeten Produkt-
oder Firmennamen gehören rechtlich ihren Besitzern.

»Die Worte gibt es schon.
Beim Schreiben kommt es im Wesentlichen
auf deren Zusammenstellung an.«
(Meine Mutter)

Trauma

Ich trage Jogginghosen. Aber mit Sport hat das nichts zu tun. Eher damit, dass ich es auf dem Sofa besonders bequem haben möchte. Meine Couch heißt Lebowski. Wir haben ein ganz besonderes Verhältnis. Lebowski ist jetzt zwei Jahre alt. Das sind die prägenden Jahre. Da muss man viel Zeit miteinander verbringen, um die Beziehung zu stärken. Nur so kann eine enge Möbel-Mensch-Bindung entstehen. Ich habe bereits testamentarisch verfügt, dass ich auf Lebowski begraben werde. Das entspricht meinem Lebensstil, den ich über den Tod hinaus, im Rahmen der vorhandenen Möglichkeiten, erhalten möchte.

Für meine Trägheit schäme ich mich. Zumal meine Mutter, als Tänzerin, immer gesagt hat, dass der menschliche Körper für Bewegung konstruiert ist. Die Tatsache, dass Gene bisweilen eine Generation überspringen, spielt in meinem Fall keine Rolle. Mein Bruder ist nämlich Triathlet.

Der Arsch.

Kann der nicht faul und fett sein? Warum nimmt er mir mit seiner Trainingsdisziplin und dem andauernden Willen, über seine Grenzen hinauszugehen jede Möglichkeit, mich auf eine familiäre Veranlagung zur Unsportlichkeit in unserer Generation zu berufen? Die Frage, warum er sich bei Ironman-Wettbewerben bis zur totalen Erschöpfung quält, beantwortet er in 3,2 Sekunden auf 100 mit: »Ich will halt wissen, was drin ist.« Warum guckt er dann nicht in einen Eimer? Weiß er denn nicht, dass pro Jahr 1.000 Menschen an einem Herzinfarkt während des Sports sterben? Wie viele Unschuldige müssen denn noch ohne Couch begraben werden?

Schon als Kind verfügte ich nicht über den für Kleinkinder üblichen Bewegungsdrang. Ich saß auf der Schaukel und schrie so lange, bis eben dieser eifrige Bruder sich erbarmte und die Schaukel in Bewegung setzte. Auf der Wippe ließ ich mich wie in einem Paternoster hoch und runter befördern.

Dass ich beim Schulsport jedes verdammte Mal die letzte war, die bei der Mannschaftswahl noch in der Reihe stand, hätte mich nicht besonders gestört, wenn man sich während des Wahlverfahrens hätte hinsetzen dürfen.

Das Damoklesschwert meiner Kindheit waren die jährlich stattfindenden Bundesjugendspiele. Im Jahr 1979 hatten die Kultusminister unseres Landes diese Veranstaltung mit einer Teilnahmepflicht für die gesamte deutsche Schülerschaft belegt.

Meiner Ansicht nach stand dieser Beschluss in krassem Gegensatz zu meinem persönlichen Recht auf Leben, Freiheit und Unversehrtheit, welches mir das Grundgesetz zusichert. Artikel 1, Absatz 1: Die Würde des Menschen ist unantastbar. Die Bundesjugendspiele waren zweifellos unter meiner Würde.

Im Rahmen meines Schulalltags führte diese Situation zu einer neuen Zeitrechnung. Es gab nur noch vor und nach den Spielen, vor und nach Christus war abgeschafft.

Per gesetzlicher Verfügung wurde ich in dieser dunklen Epoche meiner Jugend gezwungen, Unwahrheiten zu verbreiten über meinen Geisteszustand, die Landung von Außerirdischen auf der Tartanbahn des Austragungsortes oder über den wiederholten Tod und die anschließende Wiederauferstehung meines Großvaters mütterlicherseits.

Ohne jeden Grund musste ich zahllose Feuerwehrlöschzüge zur Sportstätte beordern. Das war zwar unnötig, aber insofern logisch, als dass ich zuvor das Komitee der Wertungsrichter mit Bombendrohungen terrorisiert und die Sprengung der Weitsprunggrube telefonisch angekündigt hatte. Auf diese Weise machte der demokratische Staat unschuldige Kinder zu Betrügern, Lügnern und Kriminellen.

Exkurs: *Evolutionsbedingt entstand so die Spezies des gemeinen modernen Politikers (lat.: politician gemeinus modernus).*

Nichtsdestotrotz habe ich im Erwachsenenalter des Öfteren versucht, eine gesunde Distanz zwischen mir und meinen Sitzmöbeln zu schaffen. Aber die Abnabelung entpuppte sich als schwieriges Unterfangen. Es bestand kein dringender Handlungsbedarf, lebten wir doch als friedliche Einheit in bequemer Zweifaltigkeit.

Einmal probierte ich, den Ablöseprozess mit dem Kauf von sportlicher Funktionsbekleidung für Triathleten zu forcieren. Der Hersteller der Klamotte versprach, dass meine Trainingsziele, die mir bis dahin gänzlich unbekannt waren, zum Greifen nah seien, sobald ich das Trainingsset überstreife. Weiter hieß es, dass das integrierte Feuchtigkeitsmanagement eine »makellose Performance« bei jeder Witterung garantiere. Für jemanden, der nicht schwitzt, ist das allerdings eine ziemlich unnötige Ausstattung. Oder wie genau meinten die das …?

Zusätzlich wurden individuelle Tragemöglichkeiten angepriesen. Ich konnte mir die Hose also alternativ auch über die Birne ziehen. Was tatsächlich ziemlich individuell gewesen wäre, wenn ich es recht bedenke.

Zuletzt wurde besonders hervorgehoben, dass schnelles An- und Ausziehen reibungslos und bestens funktioniert. Ich verstand diese Information als brillantes Kaufargument für den Fall, dass ich auf der Laufstrecke zufällig jemandem begegnete, mit dem ich eine schnelle, ungehemmte, sexuelle Trainingseinheit einlegen würde. Ich stellte mir vor, wie ich die Klamotten in Rekordzeit abwarf, und nach dem Vollzug dann mit Karacho wieder in den Fummel sprang, um zügig weiter zu rennen. Das klang praktisch.

Am Ende war doch alles gelogen. Auf keinen einzigen erotischen Quickie kann ich wohlwollend zurückblicken. Das kann allerdings auch daran gelegen haben, dass ich in sportlicher Funktionswäsche aussehe wie ein Rollbraten im Wickelrock. Das ist schlichtweg eine völlig bizarre Kombination. So wie Chuck Norris in Flip-Flops oder Topflappen häkeln beim Pornofilm gucken. Das einzige, was letztendlich an diesem Trainingsset zu meinem Bewegungsprofil passte, war der elastische Hosenbund.

Ab und zu werde ich von meinen sogenannten Freunden zu einer Partie Tischtennis gezwungen. Zu deren Unmut liegt mein Fokus dabei auf dem Tisch, auf den ich mich stütze und wie ein Stück Holz auf die Ankunft des Balls warte. Die dann und wann geäußerte Kritik aus dem Kreis der Mitspieler finde ich äußerst unangebracht. Hätte ich die Absicht, mich zu bewegen, würde ich Tennis spielen, ohne absichtlich ein Möbelstück zwischen meinen Gegner und mich zu stellen.

Letzten Sommer habe ich unvorsichtigerweise eine Wette verloren und musste meine Nachbarin Kerstin einmal pro Woche ins Schwimmbad begleiten. Ich gebe zu, dass ich meine Niederlage nur halbherzig abarbeitete. Einzig die von mir vorgeführten Arschbomben entsprachen meiner Vorstellung von angenehmer Unterhaltung. Wassergymnastik mit Petra kam mir allerdings insofern entgegen, als dass die sportliche Betätigung hauptsächlich unter Wasser stattfand. Was sich da bei mir unterhalb der Wasseroberfläche abspielte, ist die im Lexikon stehende Definition von Totenstarre.

Als Petra ankündigte, die Poolnudeln zu holen, dachte ich noch gutgelaunt: »Jetzt wird es doch noch eine Veranstaltung ganz nach meinem Geschmack. Wer hart trainiert, hat sich zwischendurch eine Mahlzeit verdient.« Entsetzt nahm ich anstelle einer Portion Pasta wenig später eine Schaumstoffstange entgegen, auf der ich in unanständiger Weise wie ein Seepferdchen reiten sollte. Diese und weitere genierliche Aufgaben musste ich aus akrobatisch-katholischer Sicht strikt ablehnen.

Während der anschließenden Hampelmann-Übungen waberten plötzlich demütigende Jugenderinnerungen an die Oberfläche meines Bewusstseins. In traumatischer Verwirrtheit hatte ich spontan den Wunsch, meine Couch anzurufen:»Lebowski, räum deine Sitzfläche frei und klapp die Rückenlehne runter. Die Mama kommt nach Hause.«

Und plötzlich war es wieder da: das altbekannte, in der Jugend erlernte Verhaltensmuster.

Ich bat lautstark um Aufmerksamkeit und gab bekannt, dass ich mich an allen Wochentagen, die mit »g« enden, sowie mittwochs aus chronisch-phlegmatischen Gründen ab sofort nicht mehr im Wasser aufhalten dürfe. Gleichzeitig informierte ich alle Anwesenden darüber, dass im Nichtschwimmerbecken soeben eine Horde Klingonen die Herrschaft über die Wasserrutsche übernommen hatte. Und auch die Beerdigung meines Großvaters stand wieder unmittelbar bevor. Abschließend befahl ich die Evakuierung des Schwimmbades nebst Umkleidebereich und Parkplatz.

Wie ein Brandstifter, der, fasziniert von den vernichtenden Flammen seines Werks, dabei zusieht, wie das Gebäude niederbrennt, überkam mich nach dieser Ansprache ein wohliges Gefühl der Befreiung. Die Zeit meiner Katharsis war gekommen. Und so tat ich, was ich tun musste, und bestellte ein letztes Mal drei Feuerwehrlöschzüge.

Nachspiel

Ich spiele jetzt Golf. Da fahre ich mit diesem putzigen überdachten Rasenauto von Loch zu Loch, schwinge ein paar Schläge und begebe mich nach einer ausgedehnten Viertelstunde an der frischen Luft zum Klubhaus. Dort speise ich in sportlicher Gesellschaft und tausche mich in launiger Runde über meine aktuellen Erfolge und die Speisekarte des Clubrestaurants aus. Von meinen athletischen Vereinsfreundinnen erhielt ich die nützliche Information, dass die Lenkbewegungen beim Führen des Golfwagens zu Spannungsschmerzen in den Unterarmen führen könnten. Deshalb lasse ich Vincenzo, den Vereinsmasseur, im Laufe des Nachmittags regelmäßig meinen geschundenen Körper ausführlich zum Leben erwecken.

Sport kann so erfüllend sein.

Trilogie
»ICH SITZE ...«
Unerhört

Ich sitze vor meinem Rechner und höre, wie eine Märchenplattensprecher-Stimme aus den Tiefen des Internets säuselnd versucht, meine Aufmerksamkeit einzufangen: »Gewalt ist unheimlich wichtig für uns alle ...«

Die haben ja wohl nicht mehr alle Latten am Zaun! Denen traue ich alles zu, seitdem sie versucht haben, mir einen »Brazilian Triangel Tanga Bikini« und gleichzeitig Inkontinenz-Einlagen für Damen in der Größe einer Skisprungschanze zu verkaufen. Jetzt propagieren sie ganz offen Gewalt und versuchen, mich unter Verwendung stimmlicher Lockstoffe zu kriminalisieren. Meine linke Wange zittert. Jetzt reicht's, jetzt bin ich auf dreihundertachtzig. Ich reiß denen die Kabel raus. Ich jage deren Zentrale in die Luft. Ich lösche das ganze verdammte digitale Gekröse von unserem Planeten! Ich mach die fertig!

Ich muss mich beruhigen. Sonnengeflecht, angenehm warm. Einatmen, ausatmen, weiteratmen. Ich hole noch einmal tief Luft und gehe meine Möglichkeiten durch.

Meine Entscheidung fällt auf eine offizielle schriftliche Beschwerde an die zuständigen Behörden. Wenn das zu nichts führt, sprenge ich die Bude. Dann ist das Internet ein für alle Mal Geschichte! Das haben die dann davon. Dann müssen sie eine Depesche mit der Postkutsche schicken, wenn sie so einen Scheiß verbreiten wollen. Können sie ja mal sehen, wie sie das hinkriegen.

Ich spiele den Spot noch mal ab. »Der Wald ist unheimlich wichtig für uns alle …«

Oh, ach so. Na gut. Okay. Das war knapp! Auf diese Weise sind schon Kriege entstanden.

Weil keiner richtig zuhört.

Morgen gehe ich zum Ohrenarzt, sonst passiert noch etwas *Gewald*tätiges.

Trilogie
»ICH SITZE ...«
Betriebsblind

Ich sitze auf der Pool-Terrasse eines spanischen Hotels. Menschen in Badebekleidung, Sonnenschein, entspannte Atmosphäre.

Ich sauge genüsslich am Strohhalm meines Cocktails, als ich folgende Bemerkung von einem Typen im Liegestuhl registriere: »Ich finde das so was von ungeil, wenn Frauen sich nicht rasieren. Irgendwie ekelhaft. Widerlich. Macht mich gar nicht an. Dass ich mir so was hier angucken muss. So viel Mühe können sich die Weiber doch wohl mal geben!« Sagt's und kreuzt die Arme hinter dem Kopf.

Die Armbewegung offenbart:
• den geheimen Lebensraum zweier Rauhaardackel.
• dass die Frisur der Leningrad Cowboys
  eine neue Heimat gefunden hat.
• das von der Friseurinnung eingerichtete
  Hauptlager für Haarersatz jeglicher Art.

- dass sich der südamerikanische Regen-
  wald vor der Abholzung versteckt.
- eine vom Bauernverband angelegte
  Plantage für Buschbohnen.

Ist klar geworden, oder?

Trilogie
»ICH SITZE ...«
Mundraub

Ich sitze mit meiner Bekannten Rita im Restaurant.

Rita: »Das sieht ja wirklich lecker aus, was du da bestellt hast.«

Sie stochert auf meinem Teller herum und lädt sich die Hälfte vom Kartoffelgratin auf die Gabel. Während mein Salat von links nach rechts geschoben wird, werde ich mit vollem Mund gefragt, ob ich meine Garnitur esse.

Rita schlägt vor: »Wir können ja teilen, ich probiere von dir und du von mir.«

»Ich mag aber keine Tintenfischringe, die aussehen wie Haargummis und schmecken wie abgefahrene Fahrradschläuche.«

Rita, eine Spur zu scheinheilig: »Ach, stimmt ja. Magst du ja nicht. Hatte ich ganz vergessen. Kann ich trotzdem ein winziges Stück von deinem Steak probieren?«

Und schon versenkt sie ein beträchtliches Stück meines Rinderfilets in ihrer Futterluke.

Ich glaub', ich muss kotzen. Und das würde ich auch, wenn ich zu diesem Zeitpunkt bereits die Gelegenheit gehabt hätte, etwas zu essen.

Mein Bruder hat mir mal erzählt, dass es während seiner Zeit bei der Bundeswehr durchaus üblich war, sich gegenseitig das Kotelett vom Teller zu klauen. Und zwar genau bis zu dem Tag, als einer der Kameraden den Diebstahl verhinderte, indem er dem Fleischdieb so heftig mit seiner Gabel durch die diebische Hand stach, dass der daraufhin ausgemustert werden musste.

In zwei Wochen bin ich mit ein paar Freundinnen zum Essen verabredet. Rita ist auch dabei.

Ich überlege noch …

Nüsse
machen schlau

Meine Mutter vertrat die Auffassung, dass Nüsse gut für das menschliche Gehirn seien.

Jedes Mal, wenn ich etwas Dummes sagte, riet sie mir: »Iss 'ne Nuss!«

Überflüssig zu sagen, dass ein paar Gigatonnen verzehrter Schalenfrüchte bei mir zusammenkamen.

Irgendwann hatte sich die Empfehlung: »Iss 'ne Nuss!« in unserer Familie zu einem höflichen Synonym für die rhetorische Frage: »Bist du eigentlich bescheuert?« entwickelt.

Mein Bruder ist besonders aktiv im variantenreichen Umgang mit dieser Terminologie:

»Mann, du könntest echt 'ne Nuss vertragen.«

»Heute noch keine Nuss gegessen?«

»Du brauchst 'nen ganzen Sack voller Nüsse.«

»Das gesamte Nussvorkommen der Welt reicht bei dir nicht aus.«

Nachdem er mir mal wieder einen dezenten Hinweis auf den Haselnussstrauch vor seinem Haus gegeben hatte, war ich sauer und wollte ihm beweisen, dass die These »Nüsse machen schlau« nicht belegbar ist. Also habe ich mich umfassend mit allem beschäftigt, was in harter Schale daherkommt (außer mit Bruce Willis und Koffern).

Meine Recherchen haben ergeben, dass Nüsse tatsächlich Stoffe enthalten, die die Gefäße im Oberstübchen schützen. Zudem stellen sie uns Vitamine und Mineralstoffe zur Verfügung, ohne die unsere grauen Zellen nicht richtig arbeiten können. Wissenschaftlich erwiesen ist, dass insbesondere Hasel- und Walnüsse die Leistungsfähigkeit des Gehirns stärken können.

Ich musste meinem Bruder also ungern und kleinlaut Recht geben. Das war frustrierend und sofort ein Grund, mir vorbeugend ein paar Tüten Erdnussflips in die Figur zu kloppen. Eine reine Vorsichtsmaßnahme. Damit ich nicht verblöde.

Nachtrag

Gerade wird mir klar, dass Nutella eine Nuss-Nougat-Creme ist.

Frage: »Warum steht bei mir kein einziger Nobelpreis im Regal?«

Fabrikationsfehler

Meine Mutter war Tänzerin und hat für unterschiedliche Klienten Auftragsarbeiten choreografiert. Sie tat das sehr gern. Noch lieber hat sie jedoch freie Produktionen gestaltet und ihre eigenen Kreationen auf die Bühne gebracht.

In ihrer Varieté-Show im Moulin-Rouge-Stil wollte sie die French Cancan-Girls in Netzstrumpfhosen zeigen. Doch die waren in den 70er Jahren in der von ihr benötigten Menge, Farbe und Qualität nicht ganz so einfach zu beschaffen.

Nachdem meine Mutter sämtliche Kaufhäuser der Stadt erfolglos abgeklappert hatte, landete sie schließlich vor dem Schaufenster eines Geschäfts, in dem das Bein einer Schaufensterpuppe mit einem Netzstrumpf ausgestellt war. Sie konnte ihr Glück kaum fassen und betrat den Laden. Die Auslagen, dezent in fleischfarben gehalten, ließen meine Mutter kurz und unschuldig an ein Geschäft für Sanitätsbedarf glauben. Auch, weil diverse Utensilien in den Regalen, wie Uniformen für Krankenschwestern, ihre Annahme stützten.

Hinter meiner Mutter drängten sich einige Herren mit Hut und Aktentasche vor der Tür eines Nebenraums. Die Tür öffnete sich. Stöhnen, Gekreische, Lautmalerei. Eine Frau rief: »Mach's mir, du Hengst!« Die Tür schloss sich wieder. Dass es sich nicht um einen Schulungsfilm für Veterinäre handelte, verstand auch meine Mutter. Was soll's, dachte sie. Nach der sexuellen Befreiung in den späten 60ern, der freien Liebe und Woodstock war ein Erotikshop keine Katastrophe. Hauptsache, sie bekam hier die Netzstrümpfe für ihre Tänzerinnen.

Die Verkäuferin war zutraulich und sehr hilfsbereit. »Sie benötigen also sechzehn Paar Netzstrumpfhosen. Sehr gerne.« Sogleich legte sie ein Exemplar zur Ansicht auf die Theke. »Da hätten wir hier das Modell ‚Ulrike' in schwarz.«

Höflich fragte meine Mutter, ob es möglich sei, ‚Ulrike' aus der Cellophan-Verpackung zu nehmen, damit sie sie näher in Augenschein nehmen könne. Sie wollte sicher sein, dass die Strumpfhosen den Belastungen der schnellen, hohen Beinwürfe und der Cancan-typischen Spagatsprünge standhalten konnten.

Die Verkäuferin vermutete eine fürsorgliche Puffmutter, witterte das große Geschäft und die Aussicht auf eine dauerhafte Zusammenarbeit. Also wurde die Hose, ohne Rücksicht auf die Weiterverkaufsmöglichkeiten nach dem Entfernen der Verpackung, ausgepackt und vorgelegt. Mutter inspizierte und prüfte. Die Dame hinter der Theke lächelte.

Der nachfolgende Ausruf machte der Verkäuferin allerdings schlagartig klar, dass diese Kundin absolut gar nichts mit dem Rotlicht-Milieu zu tun haben könne, denn meine Mutter kommentierte den fehlenden Stoff in der Schrittmitte der Strumpfhose mit einem entsetzten: »Die hat ja gar keinen Zwickel!«

Iss 'ne Nuss, Mama!

Der Fluch
der Weisheit

Mit Anfang dreißig hatte ich die Absicht, im Herbst meines Lebens voll von Weisheit und Güte in einem Schaukelstuhl zu sitzen. Ich würde einfach ruhig vor mich hinschaukeln. Eine weiche Melodie im Hintergrund, ein philosophisches Werk auf den Knien und ein schlafender Hund zu meinen Füßen.

In dieser Vision meiner älteren Tage kommt ab und zu ein Hilfesuchender vorbei. Ich falte dann entspannt die Hände über meiner Lektüre und schaue kultiviert zum Horizont. Auf das Gespür für mein Gegenüber ist aufgrund meiner Erfahrung und Weltkenntnis vollkommen Verlass. Gütig und scharfsinnig zugleich fällt mein Blick auf den Ratlosen, um mit dem Weitblick einer tibetanischen Nonne eine bedeutende, nachhallende Weisheit zu formulieren. Mit Esprit und Witz. Jeder Satz eine Offenbarung. Aber nicht spießig. Ohne moralischen Zeigefinger. Raffiniert, aber nicht hinterhältig. Gelassen, aber nicht desinteressiert. Reif, aber nicht arrogant. Der

Besucher verlässt mich harmonisch beschwingt und restlos glücklich.

Alles Besserwisserische habe ich abgelegt. Die neidischen und schamlosen Zeiten sind vorbei. Ich rege mich nie wieder über Nichtigkeiten auf, zetere nicht, beharre nicht auf Bedeutungslosigkeiten, gehe nie wieder in Selbstmitleid unter oder fluche. Ich bin ein guter Mensch und esse nur noch pflanzliche Produkte aus der Region. Obwohl ... das Fluchen wird mir in diesen Tagen fehlen. Das tue ich oft. Besonders, wenn ich mit dem Auto unterwegs bin. Eigentlich kann man nicht sagen, dass ich selbst fahre. Nein, tatsächlich schwebt mein Geist über dem Handschuhfach und schaut einer total Irren bei der Teilnahme am Straßenverkehr zu. Fluchen soll ja angeblich die Toleranzgrenze erhöhen. Das darf in meinem Fall bezweifelt werden:

»Faaaahr doooch, du Spacko!« Gehämmer auf dem Armaturenbrett.

»Mann-o-Mann, setz den Deckel ab, für Autos gilt noch keine Helmpflicht, dämlicher Waldschrat!« Haar-Geraufe.

»Ach so, DU brauchst also keinen Blinker, weil DU ja weißt, wo du hinwillst, du Lappen!« Gefuchtel mit den Armen.

»Drei Pedale und nur zwei Beine. Ist das zu kompliziert für dich, Butterbirne?«

»Das ist ein Auto und kein Rollator. Gib Stoff, Parkuhr!« Hupkonzert.

»Du schon wieder! Soll ich dir den Stetson vom Deez pusten, oder spielst du weiter Texas im Ruhrgebiet? PS heißt Pferdestärken, du Billig-Cowboy.« Wilde Lasso-Pantomime. »Yiiihaaa!!«

Hatte ich erwähnt, dass ich grundlos Beleidigungen raushaue und mit den Händen herumfuchtele, die eigentlich viel besser am Lenkrad aufgehoben wären?

Meinem Gekläffe folgen mitunter unerklärliche Actionfilm-Fantasien, in denen ich mit einer Riesenknarre der Marke Smith & Wesson beidhändig auf Verkehrsschilder ballere. Im Feierabendverkehr lasse ich mich wie Ethan Hunt in Mission Impossible an einem Drahtseil auf das Auto meines Vordermannes herunter und ritze dem Türstopper, der es wagt, vor mir her zu parken, »Hornochse« in die Motorhaube.

Zu Hause angekommen geben mir Schuld und Scham ein paar Klitschko-Haken. Danach drehe ich eine Extrarunde in der Disziplin »Im Erdboden versinken«. Es folgen ein bis zwei Hiebe vom schlechten Gewissen. Ich schließe den Kampf am Boden liegend mit dem Versprechen, mich selbst für meine peinlichen Totalausfälle zu bestrafen. Zur Selbstgeißelung plane ich eine Fahrradtour. Meine Reumütigkeit hält genau so lange, bis ich die Autoschlüssel wieder in die Hand nehme.

Viele verfluchte Jahre sind seit der ersten Vision meines weisen Ichs vergangen. Gut, ich habe ein paar Erfahrungen sammeln können. Aber dem Schaukelstuhl bin ich noch keinen Millimeter nähergekommen. Immer noch verhalte ich mich trotzig, kotzbrockig und selbstgefällig. Meine Selbstüberschätzung und das Gekreische im Straßenverkehr sind sogar noch schlimmer geworden.

In mir reift die Erkenntnis: Die Weisheit hat mich im Stich gelassen. Erst hat die Bitch mich jahrelang warten, und dann einfach stehen lassen. Die dämliche Weisheit lässt mich hängen. Die blöde Kuh lässt sich nicht blicken. Miststück.

Ich erzähle meiner in Würde gealterten Freundin Helene von meinen Träumen über die kultivierte, mit Geistreichtum vollgepumpte Dame im Schaukelstuhl.

Sie sieht mich zwei Sekunden an und gibt mir dann den weisen Rat: »Vergiss es!«

Doppelte Staatsbürgerschaft

Es war ein langer, anstrengender Arbeitstag gewesen, an dem sich mir zwischendurch noch nicht einmal die Gelegenheit geboten hatte, einen Happen zu essen. Im Auto auf dem Weg nach Hause knurrt mein Magen so laut, dass ich die Verkehrshinweise im Radio kaum verstehen kann. Die Autobahn musste ich wegen einer Vollsperrung verlassen und das Navigationsgerät wiederholt schon seit geraumer Zeit nur noch den einen Satz: »Sie haben Ihr Ziel erreicht!«, obwohl es noch mindestens zwanzig Kilometer bis nach Hause sind. Dummerweise wartet dort auch nur ein leerer Kühlschrank auf mich. Bevor ich eine Tankstelle suche, um mir eine Tüte Chips und ein paar Schokoriegel zu besorgen, entdecke ich eine Imbissbude, an der das Neonschild »Brutzelbaron« vor sich hin flackert. Ich habe Glück. Der Adelige hat noch geöffnet und ich kann eine Grillwurst mit viel Senf und eine Limonade bekommen.

Der Mann hinter der Theke beobachtet, wie ich die Bratwurst gierig herunterschlinge und ihm noch vor Erreichen des zweiten Zipfels zu verstehen gebe, dass ich an einer weiteren Portion durchaus Interesse hätte.

Der Baron bringt mir Nachschub und macht ein überraschendes Angebot. Wenn ich zwanzig Bratwürste bei ihm esse, erhalte ich Wurst Nr. 21 kostenlos. Der Verzehr wird in einem von ihm ausgegebenen Bratwurstpass dokumentiert. Und den Pass, den bekomme noch lange nicht jeder, versichert er mir. Das Dokument ist nur denen vorbehalten, die seine Würste auch zu würdigen wissen. Offenbar stehe ich einem Experten gegenüber. Ein Currywurstologe mit Bulettendiplom, bei dem nur auserwählte Liebhaber der besonderen Fleischware die Staatsbürgerschaft für das gelobte Knackerland erhalten. Ich fühle mich geschmeichelt. Wer würde da ,Nein' sagen?

Ich lasse also in den kommenden Tagen die im Ruhrgebiet recht häufig angesiedelten Imbissbuden, Pizzerien und Dönerläden allesamt links liegen. Was soll ich bei euch? Ab jetzt fahre ich regelmäßig zu der Würstchenbude aller Imbisspaläste, um mir den Stempel in den Pass drücken zu lassen. Hier werde ich für das Essen einer Grillwurst belohnt. Fantastisch!

Neben der Aussicht auf die Freiwurst hat meine Würstchenreise weitere, positive Nebeneffekte. Erstens muss ich nicht mehr endlos lange auf die Angebotstafel starren, um meine Wahl zu treffen. Es gibt keine Alternativen. Für Salat bekomme ich keinen Stempel. Das spart Zeit. Und zweitens nutze ich meine Wurstfahrten, um einige auf dem Weg liegende Perlen der Industriekultur meiner Heimatstadt kennenzulernen. Im ersten deutschen Magnetmuseum habe ich zum Beispiel die bahnbrechende Auskunft erhalten, dass es Magnete in runder und eckiger Form gibt. Diese und ähnlich ergiebige Informationen, wie etwa die Tatsache, dass auf Dortmunds Flughafen die Flugzeuge rückwärts einparken müssen, wären mir wohl ohne Bratwurstpass bis ans Ende meiner Tage verborgen geblieben.

Am Dienstag hatte ich eine geschäftliche Verabredung zum Essen. Da gab es drei Gänge und am Ende noch Kaffee mit Pralinen. Später im Auto konnte ich den Anschnallgurt kaum ertragen, weil er sich so eng um meinen strapazierten Magen spannte. Dennoch musste ich dem Baron unbedingt noch meine Aufwartung machen. Es ging nicht anders.

Mit der Begrüßung: »Na, ziehste dir auch wieder 'ne Senfpeitsche wech?« werde ich schon vor der Bude empfangen. Ein weiterer Vorteil: Man lernt die hiesigen Ureinwohner intensiv kennen.

Der Vater meiner Nachbarin Gemma konnte ebenfalls die doppelte Staatsangehörigkeit erwerben.

Seitdem Theo Bürger des Apothekenlandes werden durfte, schleppt er regelmäßig große Mengen an Pillen, Salben und Hustenbonbons nach Hause. Er muss zwar seinen Hausarzt anlügen, aber seine unverfrorene Behauptung, die Bluthochdrucktabletten versehentlich in den Müll geworfen zu haben und deswegen ein neues Rezept zu benötigen, hat sich besonders gelohnt. Pflaster bringen nicht so viel, sagt er. Aber je mehr pharmazeutische Produkte er kauft, desto größer werden seine Chancen auf ein kostenfreies Erfrischungstuch und eine Seepferdchen-Seife fürs Gäste-WC. Theo hat gar kein Gäste-WC, und nicht nur deswegen fände ich ein Blutdruckmessgerät oder ein Fläschchen Baldrian sinnvoller. Weil sich Theo doch immer so aufregt, wenn wieder gestempelt wird.

Direkt nach Wurst Nr. 11 besuche ich meine Freundin Helen und präsentiere ihr stolz meinen Pass. Daraufhin erzählt sie mir, dass ihr Mann sie neulich nach dem Sex gefragt hat, ob er sich bei ihr seinen Parkausweis abstempeln lassen kann. Er fand das ungeheuer lustig. Na ja, besser als: »Jemand verletzt?« Allerdings fand ich noch komischer, was Helen ihrem Dauerparker erwiderte: »Aber nur, wenn ich dafür Payback-Punkte bekomme!« Das Rückzahlungsprinzip fand Helen im Zusammenhang mit

Orgasmen offensichtlich ein durchaus anwendbares, sinnvolles Bonusprogramm.

Am Donnerstag bin ich mit quietschenden Reifen beim Baron vorgefahren, aber es war nichts mehr zu machen. Der Imbiss war bereits geschlossen. Eigentlich wäre Wurst Nr. 18 dran gewesen. Nervös fahre ich nach Hause. Am nächsten Tag sage ich alle Termine ab und warte ungeduldig schon um 10.30 Uhr vor dem Fresstempel darauf, dass mir endlich Einlass gewährt wird. Schließlich öffnen sich die Pforten des gelobten Landes und ich kann meine akute Unterwurstung mit einer Doppelbestellung und zwei Stempeln im Pass lindern. Jetzt geht es mir besser. Ich bin wieder im Soll.

Heute ist es nun soweit. Heute esse ich Wurst Nr. 20. Nach dem Verzehr recke ich meinen Bratwurstpass wie Schweinsteiger den Weltmeisterpokal in die Höhe.

Und morgen dann, morgen schon, werde ich eine Wurst bestellen und absolut nichts dafür bezahlen.

Bis auf die Benzinkosten.

Und die Magentabletten.

Und die Pickelcreme.

Und die Kosten für den Abschleppdienst. Direkt vor dem »Brutzelbaron« ist Parken nämlich strengstens verboten.

Auch für Wurstbürger.

Schwäbische
Bestimmung

Meine Freundin Franziska wohnt in Augsburg. Wir haben uns als Teenager während der Ferien in Griechenland kennengelernt. Seitdem sind wir befreundet, haben uns aber sehr unterschiedlich entwickelt.

Franziska isst aufgequollene Körner, unterrichtet fernöstliche Hypnosetechniken, besitzt Waschnüsse und glaubt an Dinge, die jeder einigermaßen vernünftig denkende Mensch für Hirngespinste hält.

So geht sie zum Beispiel davon aus, dass ich jeden, der im Ruhrgebiet lebt, kenne. Weil ich da wohne. »Du kennst doch bestimmt den Chandrabhushana. Der wohnt in Bochum, beherrscht die magische Ekstase-Technik und kann mit Bäumen und Toten sprechen.«

Ich kann auch mit Bäumen und Toten sprechen. Es ist die Rückantwort, die Probleme macht. Ich gebe zu, dass mir der übersinnliche Horizont gänzlich fehlt. Ich kann mit solchen Dingen nichts anfangen. Also versuche ich es mit: »Jepp, den Hubba Bubba kenn ich.« Aber so einfach komme ich bei Franzi nicht davon.

»Das wusste ich. Ihr seid euch so ähnlich. Spirituell meine ich.« Und schon ist es wieder passiert. Ich finde mich in einer Konversation über die geistige Verbundenheit zwischen Menschen aus demselben Postleitzahlengebiet wieder.

Grundsätzlich versuche ich, Franzis Ideen und ihrer Lebensphilosophie offen gegenüberzustehen. Bei meinen Besuchen in Augsburg habe ich ayurvedisch gegessen und bin im Apothekergarten des botanischen Gartens herumgewandert, um mich über Heilpflanzenarten informieren zu lassen. Das war lecker und lehrreich.

Franziskas Versuch, mich zu hypnotisieren, war hingegen ein zweifelhafter Erfolg. Ich bin nach ein paar Minuten weggepennt. Meine Freundin dachte jedoch, ich wäre so intensiv damit beschäftigt, meine sechste Wiedergeburt während der Französischen Revolution aufzuarbeiten, dass ich nicht mehr in der Lage wäre zu schildern, wie ich mit Robespierre sein letztes Portiönchen Crêpes Suzette verputzt und ihm dann die Omme vom Hals gesäbelt habe. Offenbar ordnete Franzi mich der Berufsgruppe der Henker, Schergen und Vollstrecker zu. Ich hatte Frankreich bisher immer nur mit Käse, Stangenbrot und diesen langwierigen, umständlichen Bussi-Bussi-Gefechten links, rechts, links in Verbindung gebracht.

Im Mittelteil bereicherte ich die Hypnose-Session dann durch lautes Schnarchen. Kein Problem für Franzi. Für sie war das Sägegeräusch ein Zeichen der auditiven Erinnerung an meine Tätigkeit als Scharf-richterin. Franziska traute mir also zu, französische Revolutionsführer mit der Laubsäge zu frisieren. Ich weiß immer noch nicht, wie ich das finden soll.

Was mich grundsätzlich kolossal stört, ist die Tatsache, dass Franzi *meinen* Lebensstil überhaupt nicht akzeptiert. Wenn ich mir zum Frühstück kein Palmwedelsteak reindrehe, sondern stattdessen beim Bäcker nebenan ein Leberwurstweckle kaufe, be-schuldigt sie mich der Vernichtung guter Vibrationen, die von Lebensmitteln, die für mich alle nach ge-dünstetem Heuballen schmecken, ausgehen. Sie ist offenbar der Ansicht, dass sie sich auf der »guten Seite« befindet und mein Wurstbrötchen uns ins Ver-derben führt.

Dass ich das nicht fair finde, sag ich ihr dann auch. Alle Argumente gegen übermäßigen Fleischkonsum leuchten mir voll und ganz ein und mein Verhalten habe ich schon vor ein paar Jahren drastisch ge-ändert. Ehrlich. Ich esse Fleischwurst jetzt wirklich nur noch, wenn Salami nicht im Angebot ist. Aber wenn ich schon mal in Augsburg bin, möchte ich mir weder die Kuhmilch im Kaffee vorrechnen lassen noch ein schlechtes Gewissen haben, nur weil ich mich landestypisch ernähren möchte und deshalb Interesse an dem Verzehr von Maultaschen habe. Franzis ständigen Bekehrungsversuche gehen mir auf die Nerven. Ich versuche ja auch nicht, ihr ein Mettbrötchen ins Gesicht zu drücken.

Hinzu kommt eine weitere Herausforderung bei meinen Besuchen in Augsburg. Franziska hatte beschlossen, eine Wohngemeinschaft in ihrem kleinen, vom Vater geerbten Haus zu eröffnen. Im Erdgeschoss finden ihre Hypnose-Sitzungen statt, in der Mitte wohnt sie und im Dachgeschoss haust Eugen.

Eugen lebt mehr oder weniger auf Franzis Kosten. Gelegentlich arbeitet er als Komparse. Hauptsächlich für Horrorfilme. Es ist davon auszugehen, dass er eine kleine Zulage bekommt, weil Maskenbildner bei Eugen eingespart werden können. Die erforderliche Optik für einen Gruselschocker hat er nämlich schon.

Aus Gründen der Spiritualität hat Franzi nicht nur platonisches Interesse an Eugen. Er weiß das und nutzt es schamlos aus. Vorne herum schwebt er über den Dingen, der Mond ist sein Freund und seine Seele grüßt ihn in jedem Zyklus seines Seins. Er ist umarmt von weißem Licht und kann das Verweilen der Kundalini spüren. Ich habe nicht den blassesten Schimmer, was das bedeuten soll, aber bei Franzi kommt es gut an. Hinten herum erzählt

Eugen allerdings auch allen, die es nicht hören wollen, dass er Hypnose für eine Zirkusnummer hält, fährt regelmäßig durchs Drive Inn bei Burger King und verlässt sich bei der Erleuchtung dann doch lieber auf die Bedienung eines Lichtschalters.

Als ich ihn aufforderte, gefälligst seine Miete bei Franzi abzuliefern, hielt er mir einen Vortrag über die Unwichtigkeit von Geld und Besitz und versuchte mir weiszumachen, dass es sich dabei doch nur um irdische Belanglosigkeiten handele, die weder in seinem noch in Franziskas Kosmos eine Rolle spielten. Schlimmer wurde es nur noch, als Franzi dazukam und ihm Recht gab. Vor dem Hintergrund, dass sie im Yoga-Zentrum einen Minijob als Reinigungskraft angenommen hat, weil das Hypnose-Geschäft bisher nur schleppend vorankommt, finde ich das doppelt unverständlich. Fürs Protokoll: Ich hab's versucht.

Als ich wieder einmal in Augsburg zu Besuch war, gingen Franziska und ich am zweiten Abend in ein bangladeschisches Restaurant.

Kleiner Exkurs zum Thema: »Der Bengale an sich.«

Der herkömmliche Bengale ist ein ganz normaler und anständiger Mensch. Er lebt vorwiegend in Bangladesch, isst ganze Hühnerfarmen leer und kratzt sich auch schon mal am Arsch. Überschreitet er jedoch die Landesgrenze zu Deutschland, wird er zu einem Guru mit Bartresen, der seine Anhänger zu allerlei sündhaftem Gesöff verführt.

Ich hatte dem Bengalen vertraut. Das Essen war biologisch, preislich und vegetarisch einwandfrei und noch dazu sehr schmackhaft gewesen. Aber dann entpuppte unser Gastgeber sich als Klon eines schwäbischen Geschäftsmannes und brachte mir ohne Rücksicht auf meine Gesundheit alkoholische Leckereien, die er Unschuld heuchelnd in appetitlichen Mango-Hälften wie Opfergaben vor der heiligen Kuh servierte. Noch dazu versteckte er die berauschende Wirkung in süßer, wohlschmeckender Flüssigkeit, von der man nicht im Entferntesten annehmen würde, dass es sich um Rauschmittel handelt. Ich bin dem Bengalen auf den Leim gegangen. Unzählige Male an diesem Abend.

Am nächsten Morgen saß ich verkatert in der Küche und versuchte mich an einem dieser nachhaltigen Quinoa-Chia-Fruchtkornpaste-Schlotze-Drinks, die gegen die Nachwirkungen von übermäßigem Alkoholgenuss helfen sollen. Ich fragte mich gerade, ob so jemals ein guter Tag beginnen könne, als Eugen hereinschlurfte und die Konversation wie folgt eröffnete: »Guten Morgen. Also, wie sieht's aus? Haben wir heute Sex?«

»Hä?«

44

»Willst du nicht mal langsam mit mir vögeln?«

»Ich hab 'nen Kopp wie 'nen Rathaus. Mir ist nicht nach dummen Witzen. Verzieh dich.«

»Du bist hier, ich bin hier. Da steht ein Küchentisch. Das ist Bestimmung.«

»Bestimmung ist, dass ich dir gleich eine reinhaue.«

»Wenn die Vorsehung es so für mich verfügt hat, erkläre ich mich mit ein paar Hieben als Auftakt einverstanden. Aber danach treiben wir's.«

»Neben dem Küchentisch steht ein Messerblock, du Heiopei.«

»Verstehst du nicht? Es ist unser Schicksal.«

»Mit dem Tinnef kannst du vielleicht bei Franzi landen. Ich hingegen guck' mir den Film ‚Die 18 Todesschläge der Shaolin' als Tutorial an.«

»Ich glaube nicht an Gewalt.«

»Hau ab oder stirb.«

»Du bist ganz schön zickig. Steh ich drauf. Natürlich gibt's weder Bestimmung noch Vorsehung oder Schicksal. Aber wenn's der Sache dient, kann man Kismet doch mal aus dem Hut ziehen. Mehr als in die Hose gehen kann's und soll's ja auch nicht.«

»Wegtreten, du Kasper.«

Nach diesem Vorfall ging ich dem Horrorclown aus dem Weg und konzentrierte mich auf die Jagd nach einer Portion schwäbischer Käsespätzle. Franzi schlug das intensive Arbeiten an meiner Erleuchtung jenseits von Verstand und Logik vor. Was soll's, dachte ich. Hat wahrscheinlich nicht das Mindeste mit Teigwaren zu tun, aber immer noch besser, als mich von Pennywise volltexten zu lassen.

Und so kam ich in den Genuss eines Vollbads, das mit entschlackenden Heilpflanzen versetzt war. Tagesziel war die Reinigung von Körper und Geist und meine innere Freiheit. Unmengen von Ingwertee sollten meine Erleuchtung zusätzlich fördern.

Tatsächlich trat ein noch nie dagewesener Harndrang auf.

Das war also meine kosmische Bestimmung. Ich war nach Augsburg gekommen, um mich frei zu pinkeln.

Läuft!

Sollte mein inneres Ich die Funzel anknipsen, gehe ich meine Mitgliedschaft im Kreise der Stehlampen ordentlich feiern. Beim Bengalen. Da gehen im Nirwana dann noch mal ordentlich die Latüchten an.

Gummibaum
und Lattenzaun

Nach Sex mit Gummipuppen, Haushaltsgeräten und dem Wendler haben Menschen nun auch Sex mit Pflanzen. In Fachkreisen wird von Floralsex gesprochen.

Ich hörte von einem Mann mittleren Alters, der sich, nach ein paar Verabredungen in der Baumschule, abwechselnd mit einem Spitzahorn und einer japanischen Hänge-Nelkenkirsche vergnügt. Ein anderer bevorzugt, aus bisher unbekannten Gründen, Trompetenbäume und Flatterulmen. Wieder ein anderer hat eine Vorliebe für Glockenblumen und Löwenmäulchen. Im Gegensatz zu den Bäumen, die am nächsten Tag wieder winterhart und mit lockerer Krone in der Gegend herumstehen, sind Pflanzen mit Blütenkelch nach dem Akt ein Fall für den Komposthaufen. Liebhaber der farbenprächtigen, üppigen Schnittblume vollziehen demnach hauptsächlich »One Night Plants«.

Der neue Thrill ist auch bei den Damen beliebt. Eine der Frauen, von Kennern der Szene auch

»Florauen« genannt, nimmt öfter mal den standorttoleranten Ficus Benjamin aus dem Topf, um sich das Wurzelwerk zur Brust zu nehmen. Ferner begeistern die interessierten Ladys blickdichte Hartriegelgewächse, aber auch dem schnellwachsenden Bambus wird ausreichend Spielraum geboten, ganz individuellen Wünschen nachzukommen.

Im Sadomaso-Bereich sind die offensichtlichen Sexualpartner Sukkulenten, vorzugsweise Kakteen. Der gewöhnliche Judasbaum, der Blut-Ahorn und die Borstenakazie sind beliebt, um ganz spezielle Bedürfnisse zu stillen.

Geschmückte Weihnachtsbäume gelten als die Prostituierten unter den Nadelhölzern. Bis zur Geschmacklosigkeit aufgebrezelt, stellen sie sich Jahr für Jahr als saisonale Verführung in den Rinnstein deutscher Wohnzimmer, direkt neben die massive Schrankwand aus Eichenholz.

Seit ich von der Sache weiß, bekomme ich jedes Mal ein flaues Gefühl in der Magengegend, wenn meine Nachbarin Ruth in der Ostersaison ausgeblasene, angemalte Eier an das immergrüne Buschwerk vor ihrem Haus hängt.

Als ich meinem Bekannten Karsten von den Floralisten erzähle, sagt der wie selbstverständlich: »Pflanzen senden sexuelle Vibrationen in ihr direktes

Umfeld. Das sind Frequenzen, die man ertasten kann. Ist 'ne abgefahrene Erfahrung.«

Wenn man von so etwas wie Sex mit Stiefmütterchen hört, rechnet man nicht damit, dass die eigenen Freunde dabei mitmachen. Man liest ja auch Krimis und rechnet nicht damit, dass der Mörder nebenan wohnt.

»Ist das dein Ernst?«

»Was hast du denn gedacht, warum ich mit meiner Doppelkopfrunde das Männer-Wochenende immer im Rothaargebirge verbringe?«

»Ja, klar, und gleich erzählst du mir, dass der Teutoburger Wald 'nen tausend Hektar großes Pornokino ist!«

»Im Unterholz entstehen vielfältige Möglichkeiten.«

»Bei mir entsteht gerade 'ne Lichtung im Kopp!«

Hatte Karsten seiner Frau Rita nicht neulich ein Biedermeier-Sträußchen überreicht?

»Ich habe letzte Woche mit unserem Gummibaum geflirtet!«

»Das krumme Teil auf eurem Kaminsims im Esszimmer?«

»Ja, genau. Die fleischigen Blätter finde ich echt sexy.«

»Verarsch mich nicht!«

»Bei so 'ner Topfpalme bin ich der Boss!«

»Du meinst das wirklich richtig ernst, oder?«

»Der Gummibaum sagt mir nicht, wie ich Auto fahren soll, und hat keine Eltern, die mir zu verstehen geben, dass mich zu heiraten der größte Fehler ihrer Tochter war. Pflanzen kaufen keine Schuhe, fressen mir nicht das Schnitzel vom Teller und quatschen mir nicht in die Live-Übertragung der Fußball-Bundesliga. Zimmerpflanzen sind stille Lebewesen, die nur Wasser und Licht brauchen, um dir lange Freude zu machen. Und was die Instandhaltungskosten angeht, können weder Ehefrauen noch Gummipuppen da mithalten.«

»Das ist deine Auswahl: Gummipuppe oder Gummibaum?«

»Mit dir kann man über so etwas nicht reden.«

»Entschuldige mal, bitte. Du hast mir gerade eröffnet, dass dich 'nen Maulbeergewächs scharf macht. Wie soll ich deiner Meinung nach denn darauf reagieren? Prima, Karsten? Ich freu mich, dass du im Gartencenter 'ne Latte kriegst?«

»Du bist zu konservativ …«

Ich? Konservativ? Spinnt der? Ich bin verfressen, unsportlich und ein bisschen eigensinnig. Aber ja wohl auf keinen Fall spießig oder altbacken. Ich bin ,cute and funky', habe guten Geschmack und Sinn für Humor!

Ja, okay, das denkt wahrscheinlich jeder von sich. Obwohl es Menschen gibt, die sich an ihre kackbraune

Schrankwand Lichtschläuche mit automatischem Farbwechsel zur Hinter-Glas-Beleuchtung der integrierten Vitrine nageln, sich davor setzen und die Witze-CD: »Kommt 'ne Blondine in 'nen Perückenladen« einlegen.

Dass ich voll ‚nifty and nice' unterwegs bin, wollte ich Karsten mit meiner Nachfrage dann gleich mal demonstrieren und hakte nach: »Und wie ging's dann mit dem Gummibaum weiter?«

»Ich hatte schon mit dem Umtopfen angefangen, als Rita vom Einkaufen mit ein paar Düngestäbchen aus dem Blumenladen nach Hause kam. Jetzt warte ich erst mal so lange, bis der Stoff wirkt.«

Rita verabreicht dem Geliebten ihres Mannes offenbar Viagra für Zimmerpflanzen.

Ich glaube, Karsten hat doch recht. Für manche Dinge bin ich tatsächlich zu konservativ.

Update

Rita weiß inzwischen von der Affäre ihres Mannes und hat sich ihrerseits einem Stück Lattenzaun zugewandt.

Bunter Abend

Es gibt Peinlichkeiten, die man am liebsten verschweigen würde.

Die alten Fotos aus den Achtzigern zum Beispiel. Da sah ich aus wie ein Textmarker mit Puffärmeln. Dazu gab's für untenrum eine Leggings in silbermetallic mit paillettenbesetzten Stulpen. Eine weitere Peinlichkeit war das um die Rübe gewickelte Stirnband in neon-pink. Die beiden Hörorgane wurden derart übertrieben mit Klimperkram behängt, dass Kopfbewegungen nur noch mit der eigenproduzierten Hintergrundmusik stattfanden. Um den Hals und die Handgelenke trug ich so viel Tand und Protz-Geschmeide, dass ich weder die Arme heben noch den Rücken durchdrücken konnte. Die blauen Haare wurden zu einem Turm auftoupiert, der im Verlauf des Abends irgendwann aussah wie der Horst eines Weißkopfadlers. Es kam vor, dass alkoholisierte Discogänger von meiner Haarpracht probierten, in der Annahme, es handele sich um Zuckerwatte.

So aufgemotzt wurde ich zur Disco von meiner Freundin Helen mit ihrer frisierten Mofa abgeholt.

Die Garelli war nur für eine Person zugelassen. Egal. Hinten hing der Auspuff drei Etagen tiefer und hinterließ Kratzspuren auf dem Asphalt. Manchmal verhedderte sich diverses Flitterzeugs in der Moped-kette und der Abend war zügig zu Ende. Kamen wir aber im Tanzschuppen an, warteten dort schon andere reich verzierte Gleichgesinnte mit einer Flasche Appelkorn darauf, auf unsere genialen Modecoups anzustoßen.

Nach zwei Jahren in der körpereigenen Disco brauchten meine Sinnesorgane Entspannung. Es war nur logisch, dass eine intensive schwarze Gothic-Phase folgte. Schwarze Haare, schwarze Kleidung und schwarzes Make-up. Ich ging zu »Scarface«, dem Dortmunder Fachgeschäft für subkulturellen Klamotten-Bedarf, und kaufte eine Mischung aus Umhang und Mantel. Als Reminiszenz an den Film »Der kleine Horrorladen« sprühte ich in Groß-buchstaben und weißer Lackfarbe »Feed me!« auf die Rückenpartie. Mit Rockband-Buttons von den Stones, den Ramones und Bob Dylan bildete ich mir ein, cool zu wirken, sah aber aus wie die schwer ge-störte Nichte des Totengräbers und hatte Angst vor meinem Spiegelbild.

Während dieser, meiner düsteren Bestatter-Phase, kam einmal meine Mutter spätabends von der Arbeit nach Hause. Es hatte einen Feueralarm im Theater gegeben. Deshalb konnte sie sich nach der Vorstellung weder abschminken noch umziehen.

Die farbenfrohe Kopfbedeckung noch in die Haare geflochten, geschminkt mit grellem Tanz-Make-up, in einem regenbogengestreiften Feder-Outfit öffnete sie die Wohnzimmertür.

Dort saß ich mit meinen Gothic-Freunden vor dem Plattenspieler und hörte meine Mutter fragen: »Na, macht ihr euch 'nen bunten Abend?«

Träume werden wahr

Nachdem ich Mitte der 80er mit der Schule fertig war, zog ich nach Kalifornien um. Ich war ein eigensinniges, naives Mädchen aus einem Vorort von Dortmund, das die große weite Welt kennenlernen wollte.

In den USA hatte ich einen Job in einer Eckkneipe in San Francisco. Die hieß »Albion« und war täglich von zwei bis zwei geöffnet. Deren Slogan lautete »Drinks, light food and loose conversation.« Das war aber nicht alles.

Im hinteren Teil der Kneipe gab es eine Kleinkunstbühne, auf der schon am frühen Nachmittag allerlei Verrückte ihr Unwesen trieben. Prediger, Hippies, Poeten, Magier, Jongleure, Punkbands, Polkatänzer, Stand-up Comedians und weitere Unterhalter aus der darstellenden Zunft. Da es sich um Amateure handelte, musste nicht selten der Krankenwagen oder die Polizei vorfahren, weil sich der Schlangenmensch nicht mehr entknoten oder der betrunkene Bibelknecht sich mit dem Türsteher nicht über die Frage nach dem ewigen Leben einigen konnte. Die Mitarbeiter der umliegenden Geschäfte bildeten während ihrer Pausen häufig das Publikum und nutzten ihre kurze Arbeitsunterbrechung, um sich ein Sandwich oder einen lyrischen Vierzeiler über den Horror einer Vollzeitstelle abzuholen.

Als ich noch nicht an die Extravaganzen der Künstler gewöhnt war, zuckte ich jedes Mal zusammen, wenn der Pianist wieder schrie, als würde ihm ohne Narkose ein Bein abgesägt. Dabei gab das Tablett in meinen Händen bisweilen eine ganz eigene Vorstellung. Da der Besitzer der Bar jedoch ständig bekifft im Hinterzimmer saß, war er nachsichtig und nahm mein schreckhaftes Unvermögen gleichgültig zur Kenntnis.

Der »Piano-Schreier« war einer der Stamm-Bekloppten. Er war so was wie der frühe amerikanische Helge Schneider, der am Klavier saß, und ein einziges Wort: »Fuck, Fuck, Fuck, Fuck...« in abgehackten atonalen Intervallen hervorblökte. Es klang wie die Zusammenfassung des Films: »Einer flog übers Kuckucksnest«, der bekanntlich in einer Irrenanstalt spielt. Noch überraschender war die Tatsache, dass er immer an der gleichen Stelle, nach exakt achtzehn abgehackten Schreien, frenetischen Applaus bekam. Irgendwann fand ich heraus, dass der Tastenakrobat jedes Mal im gleichen Takt den Inhalt seines auf dem Klavier geparkten Trinkgeldglases in die Menge warf. Zusätzlich sickerte die Information durch, dass der Verrückte kein Musiker, sondern eine Politesse sei, deren Fans zu schätzen wussten, dass ihre Strafzettel auf diese Weise zumindest anteilig erstattet wurden.

Freitags war immer sogenannter »White Friday.« Der Applaus entbrannte an diesen Abenden noch euphorischer. Auch wenn gar keiner auf der Bühne stand.

Ich verstand nur Bahnhof und fragte mich, warum ich eigentlich die einzige war, die freitags in weißen Klamotten auflief. Und warum machten die Fahrbahnmarkierungen auf die Bistrotische und puderten sich dann den Gesichtserker damit? Katholische Jugend im Dortmunder Süden. Ahnungslosigkeit kann auch wie eine Droge wirken. In diesem Fall wie ein beruhigender Tranquilizer.

Um die Laufkundschaft abzufischen, konnte man die Eingangstüren und deren Gitter, die als Einbruchschutz gedacht waren, komplett aufziehen. Das war gefährlich. Nicht wegen möglicher Langfinger, sondern weil San Francisco auf unzähligen Hügeln erbaut wurde. Die Straßen sind so steil, dass man beim Hochfahren nicht sehen kann, wo es nach der höchsten Stelle weitergeht. Fährt man mit zu viel Schwung dem Gipfel des Hügels entgegen, sorgen physikalische Gesetzmäßigkeiten dafür, dass der fahrbare Untersatz den Kontakt zum Straßenbelag verliert und abhebt.

Die wilden Verfolgungsjagden in der Serie »Die Straßen von San Francisco« wurden nicht zufällig an Originalschauplätzen gedreht und wirkten wie eine Broschüre für Erlebnisreisen. Der Traum vom Fliegen ist bekanntlich so alt wie die Menschheit und so gab es Abenteurer, die nur nach San Francisco kamen, um ihr Gaspedal durchzutreten. Genau wie die Urlauber, die nur nach Deutschland kommen, um ihre Mietwagen über die weltweit einzigen Autobahnen ohne Tempolimit zu prügeln.

Das »Albion« lag zwar nicht an einer allzu steilen Straße, hätte jedoch trotzdem zu einer offiziellen Flugverbotszone erklärt werden müssen, da bei geöffneten Türen einige schwungvolle Verkehrsteilnehmer versuchten, eine Einflugschneise mitten in den Laden zu pflügen. Bisweilen gerieten sie in den Gegenverkehr, weil die vom Türsteher am Kragen gepackten Verrückten den Abflug in die andere Richtung machten.

Der Barkeeper hatte eine Standleitung zur örtlichen Polizeistation: »Barkeeper, Albion. Bei uns ist wieder einer durchs Gitter geknallt. Keiner ernsthaft verletzt, aber wieder jede Menge Sachschäden. Falls Officer Williams kommt, sag ihm, dass es unsere Kaffeemaschine erwischt hat. Und Donuts sind heute auch aus.«

Eines frühen Nachmittags schlitterte ein Fahrer direkt vor den Tresen. Von seinem Motorrad hatte er sich während seines Abflugs bereits verabschiedet. Er schob sämtliche Barhocker zu einem Stuhlberg zusammen und kam am Ende der Theke zum Stehen. Sein Glück, dass keiner an der Bar saß, als er den Landeanflug einleitete.

Gegen den Kerl war Humphrey Bogart ein nervöses Hemd. Er bestellte mit Blut im Gesicht, kaputter Hose und aufgeschürftem Unterarm, ohne mit der Wimper zu zucken, ein Kaltgetränk. Ich reichte ihm kreidebleich eine Cola über den Tresen und tupfte das Blut von seiner Schläfe. Danach musste ich mir einen doppelten Bourbon on the rocks genehmigen. Dabei hat meine Hand so gezittert, dass die Eiswürfel im Glas ihr eigenes Konzert gaben.

Es hat mich nicht gewundert, dass der Schuppen später in »Delirium« umbenannt wurde. Deren Slogan lautet bis heute: »Service for the sick!«

Epilog

Der Typ auf dem Motorrad hieß Keanu Reeves. Der entschuldigte sich, küsste mich auf die Wange, sammelte seine Norton Commando ein und fuhr Richtung Süden auf dem Highway 101 davon.

Ein paar Jahre später wurde er Filmstar.

Weltrekord

Mit meinen Jugendfreunden Felix und Raffael und dessen Eltern fuhr ich für ein Wochenende nach Amsterdam.

Raffaels Eltern schauten sich einige Sehenswürdigkeiten an und unternahmen eine Grachtenfahrt. Die beiden Jungs und ich schlenderten in der Stadt herum und besuchten ein paar der zahlreichen Flohmärkte. Später trafen wir uns alle im Hotel zum Abendessen wieder. Wir hatten zwei schöne, entspannte Tage.

Auf der Rückfahrt drängten wir uns müde auf der Rückbank des Autos.

An der Grenze zwischen den Niederlanden und Deutschland wurden Kontrollen durchgeführt. Also stellten wir uns am Grenzübergang in die Schlange der wartenden Fahrzeuge.

Plötzlich rief Raffaels Mutter ganz verzückt: »Guckt mal da hinten, die süßen Schäferhunde«, woraufhin sein Vater sachlich antwortete: »Die sind im Dienst. Das sind Haschisch-Hunde.«

Weil elektrische Fensterheber inzwischen zur Standard-ausstattung von Automobilen gehören, ist davon aus-zugehen, dass Felix' Geschwindigkeitsweltrekord in der Disziplin »Hinteres Seitenfenster manuell herunter-kurbeln« ungebrochen weiterhin gilt.

Mein Fehler

Ich sitze im Roxy, einem Programmkino im Dortmunder Norden, und möchte mir »Sinn und Sinnlichkeit« anschauen. Ziemlich schnell, nachdem die Vorstellung begonnen hat, stelle ich fest, dass ich im falschen Film gelandet bin. Ich habe »Sinn und Sinnlichkeit« mit »Im Reich der Sinne« verwechselt.

Mein Fehler.

»Wilde Orchidee« und »Die Wildgänse kommen« ist ja auch nicht dasselbe.

Oder: »Im Auftrag des Teufels« und »Der Teufel trägt Prada«.
»Der weiße Hai« und »Die weiße Massai«.
»Die nackte Kanone« und »Die nackte Wahrheit«.
»Jenseits von Afrika« und »Jenseits von Eden«.
»Black Swan« und »Black Rain«.
»Shaun, das Schaf« und »Shaun of the Dead«.

Ihr versteht, was ich meine.

Realität und Mutterliebe

Raffael und ich wollten ein Konzert in Münster besuchen. Ich hatte meinen Führerschein noch nicht allzu lange, was meine Mutter veranlasste, sich zu vergewissern, dass wir nicht zu schnell fahren würden und kein Alkohol im Spiel sein würde. Ich bestätigte, dass ich den Opel Kadett in angemessener Geschwindigkeit und nüchtern lenken würde. Daraufhin wagte Raffael lapidar zu sagen: »Ach du Scheiße. Wenn du fährst, sind wir morgen in Prag.«

Er hatte recht. Ich verfüge über keinerlei Orientierungssinn. Wie eine Kuh ohne Herde. Ich kann mir die einfachsten Routen nicht merken und lande regelmäßig irgendwo im Nirgendwo.

Ich hatte mal einen Job in Mailand. Die Arbeit war erledigt und alles, was ich wollte, war, schnell wieder nach Hause zu kommen. Die Autofahrt zurück war anspruchslos und gleichermaßen ermüdend. Ich musste einfach bloß auf der A2 bleiben und Gas geben. Kurz vor Basel in der Schweiz fuhr ich ab um zu tanken, ein wenig abseits der Bahn ein kleines Nickerchen zu machen und einen Kaffee zu trinken. Nach der Rast fuhr ich versehentlich in die falsche Richtung wieder auf die Autobahn auf. Das kann passieren. Allerdings habe ich das so lange nicht gemerkt, bis ich wieder da war, wo ich ursprünglich abfuhr. In Mailand. Den Grenzübergang zwischen der Schweiz und meine Wiedereinreise nach Italien hielt ich dabei für meine Rückkehr nach Deutschland. Hätte ich ein Amphibienfahrzeug besessen, wäre ich vermutlich in Tunesien an Land gefahren.

Grundsätzlich akzeptiert meine Mutter die Tatsache, dass ihre Kinder nicht perfekt sind. Sie weiß, dass es Dinge gibt, die wir nicht können, und auch nicht erlernen werden. Aber niemand auf der Welt darf diese Wirklichkeit zur Sprache bringen, außer wir selbst. Und so geriet Raffael unter den Vorschlaghammer der irrationalen Mutterliebe.

Ihm wehten die langen Haare nach hinten, als meine Mutter ihm, ohne Luft zu holen, entgegenschepperte: »Meine Tochter kann sich durch den Erdkern bohren und kommt auf der anderen Seite genau da raus, wo sie möchte. Meine Tochter kann ins All fliegen und auf dem Stern landen, den sie vorher ausgesucht hat. Meine Tochter ist die personifizierte Kombination aus dem Diercke Weltatlas und der Falk-Straßenkartensammlung. Sie kann zu Land, zu Wasser und in der Luft auf den Millimeter genau ihr Ziel visieren, fixieren und eruieren. Meine Tochter braucht keinen Kompass. Die Entdeckung Amerikas hätte sie an einem Mittwochnachmittag im Spätherbst erledigt. Gegen meine Tochter waren Columbus und Marco Polo dilettantische Paddelboot-Matrosen. Meine Tochter findet alles. Sie muss noch nicht mal danach suchen. Ist das klar geworden?«

Später im Auto spekulierte Raffael darüber, was wohl passieren würde, wenn er meiner Mutter gegenüber behauptete, dass ich nicht am Bau der Pyramiden in Ägypten beteiligt war: »Meine Tochter hat die Sphinx aus 'nem Stück Butter mit 'ner Suppenkelle in den Wüstensand gehämmert.«

Klar doch, Mama! Und die Golden Gate Bridge habe ich aus 120 Feuerlöschern und 'ner Tube UHU zusammengelötet.

Mutterliebe. Da machste nix!

Gesetz und Dummheit

Mein Cousin war im Knast. Für vier Jahre und neun Monate. Zu Recht. Gewerbsmäßiger Betrug, Kreditkartenbeschiss, Versicherungsbetrug, Steuerhinterziehung, Urkundenfälschung. Lauter kriminelles Zeug.

Weil unsere Familie in ganz Europa verstreut lebt, haben wir uns nicht oft gesehen. Eines Tages kam er jedoch überraschend bei meiner Mutter vorbei. Die rief mich nach dem Besuch ganz aufgeregt an.

»Roland war heute hier. In einem Porsche, einem Kaschmirmantel und mit einer Geldklammer voll mit Fünfhundertern. In der Lotterie hat er nicht gewonnen. Ich mach mir Sorgen. Der ist doch viel zu schlicht gewebt, um sich so was zu erarbeiten.«

»Stimmt, dann wird er wohl irgendwas Kriminelles machen.«

»Um Gottes willen. Ich muss unbedingt seinen Vater anrufen.«

Meine Mutter telefonierte also mit ihrem Bruder, um mitzuteilen, dass sein Sohn die Seiten gewechselt habe. Der glaubte jedoch an den überdurchschnitt-

lichen Erfolg seines Sohnes als Gebrauchtwagen-
händler und war in seinem väterlichen Stolz gekränkt,
weil meine Mutter das für unmöglich hielt.

Das nächste Mal hörten wir von meinem Onkel,
als er auf der Suche nach einem Rechtsanwalt war.

Der beste Strafverteidiger Deutschlands hätte
eine Gefängnisstrafe für Roland allerdings nicht
verhindern können. Den ermittelnden Beamten war
schnell klar, dass mein Cousin nicht ansatzweise
den Grips hatte, die gedrehten Dinger alleine auf
die Beine zu stellen. Schon das Ausmaß der be-
gangenen Delikte machte deutlich, dass eine ganze
Bande an Verbrechern beteiligt war. Und die Polizei
wusste, dass Roland nur die Puppe mit der Hand der
schweren Jungs im Hintern war.

In der Untersuchungshaft haben sie ihn abwechselnd verhört und schmoren lassen. Er wurde
isoliert und durfte nur seinen Anwalt empfangen.
Roland sollte singen wie Maria Callas und alles über
seine Kollegen preisgeben. Meine Mutter wurde von
ihrem Bruder auf dem Laufenden gehalten, hatte
Mitleid und verschickte ein Paket an den armen
Jungen in der Einzelzelle.

»Warum schickst du dem ein Paket, Mama? Der
hat alles, was er braucht!«

»Aber er muss unter Aufsicht duschen und
die Toilette ist in seiner Zelle. Da muss er in der

Öffentlichkeit sein Geschäft verrichten. Ohne Tür. Das ist doch schrecklich. Dein Onkel hat mir erzählt, dass er jeden Tag weint. Er ist einsam.«

»Der arme Vollidiot. Musste er etwa sein Protzgeschmeide ablegen? Macht er sich Sorgen um seine Rolex, der blöde Kackenhauer?«

»Jetzt sprich nicht so schlecht von deinem Cousin. Er hat ganz schlimmes Heimweh.«

»Heimweh? Der macht keinen Urlaub auf Mallorca! Der ist Teil einer Betrüger-Bande. Der ist genau da, wo er hingehört, wenn du mich fragst!«

»Du darfst nicht so streng sein. Er ist halt dumm. War er immer schon. Der denkt, Mallorca ist 'nen Ausbildungsberuf.«

»Dummheit ist kein Verbrechen, Mama. Betrug schon.«

Ein paar Tage später hatte meine Mutter wieder Neuigkeiten.

»Das Paket haben sie mir zurückgesendet und draufgeschrieben, dass ich nichts mehr schicken darf. Und meinen Brief haben die auch gelesen.«

»Was stand denn drin?«

»Dass er nicht alleine ist, und wir ihn nicht vergessen. Und dass ich Königsberger Klopse für ihn koche, wenn er wieder draußen ist. Die isst er doch so gerne.«

»Und was war in dem Paket?«

»Feuchtes Toilettenpapier, Lebkuchen und eine Autozeitschrift. Das musste ich alles wegwerfen. Ich glaube, die haben das auf Drogen untersucht.«

Mein Cousin ist eingesperrt worden, weil er Autos verschoben, Unfälle fingiert, Urkunden gefälscht, gutgläubige Menschen und nicht ganz so gutgläubige Versicherungsgesellschaften betrogen und Steuern hinterzogen hat. Dem die »Auto Bild« in die Untersuchungshaft zu schicken, ist vielleicht ein klitzekleines bisschen unpassend.

Monatelang hat der Idiot in der Einzelzelle gesessen. Stundenlang haben sie versucht, Namen von Mittätern aus ihm herauszukriegen. Trotzdem hat er bis zuletzt niemanden verpfiffen. Obwohl sich das positiv auf sein Strafmaß ausgewirkt hätte. Grund für sein Schweigen war allerdings nicht, weil er so ein harter Typ ist, sondern weil er die Hosen gestrichen voll und Angst hatte, dass sie ihn noch im Gefängnis umbringen.

Der Verlauf der Verhandlungen zeigte, dass Roland naiv genug gewesen war, alle Unterlagen zu unterschreiben, die ihm seine Kollegen vorlegten. Auf dem Papier machte es also durchaus den Eindruck, als wäre er einer der Strippenzieher und sein Gebrauchtwagenhandel die Basis für Straftaten im großen Stil gewesen. Tatsächlich diente er lediglich denjenigen als Marionette, die sich das ganz große Geld einsteckten.

Nachdem das Urteil ergangen und mein Cousin eingebuchtet war, erhielt meine Mutter ein paar Wochen später von meinem Onkel die Information, dass ab sofort Pakete und Briefe erlaubt seien. Daraufhin entwickelte sich ein reger Schriftverkehr zwischen meiner Mutter und dem Dummkopf.

Ich wollte lange nichts darüber hören, was der Verurteilte Mitleiderregendes aus seinem Leben als Häftling mitzuteilen hatte, aber meine Mutter ließ nicht locker und berichtete regelmäßig von der Verbrecherfront.

»Er macht jetzt Sport.«

»Gehirnjogging?«

»Er arbeitet in der Wäscherei.«

»'Ne saubere Weste hat nix mit Persil zu tun.«

»Jetzt ist er wirklich geläutert. Er singt im Gefangenenchor.«

»In der Untersuchungshaft zu singen wäre schlauer gewesen!«

»Ich habe ihm einen Deoroller und Kinderschokolade ins Paket gelegt.«

»Toll. Das ist harte Währung im Knast, Mama.«

»Kann er ja vielleicht gegen Zigaretten tauschen.«

»Warum schickst du ihm nicht gleich Zigaretten?«

»Ja, stimmt. Das war blöd von mir. Das nächste Mal dann.«

»Vielleicht hast du zu viel Kontakt zu Roland und seine Dummheit färbt ab.«

»Werd mal nicht frech. Ich bin deine Mutter!«

»Entschuldige. Du hast recht. Tut mir leid. Vielleicht bin ich ein bisschen eifersüchtig. Ich bekomme schließlich keine Pakete oder liebe Briefe von dir, obwohl ich eine brave Tochter und keine Verbrecherin bin.«

Eine Woche später klingelt es und der Postbote bringt mir ein Paket von meiner Mutter. Eine Schachtel Pralinen und ein Brief, in dem steht, dass sie mich liebt, mich nicht vergisst und mich zu sich einlädt. Sie möchte für mich kochen. Gefüllte Paprikaschoten. Die esse ich doch so gern.

Meteoriteneinschlag

VHS-Anfängerkurs. Erste Stunde.

Kurstitel: »Mühelos kommunizieren. Wie Sie spielerisch lernen, sich Ihrer Umgebung mitzuteilen.«

Erste Aufgabenstellung: Smalltalk zwischen Frau und Mann.

Zwei zufällig ausgewählte Personen werden auf zwei gegenüberstehenden Stühlen platziert. Die Kursleiterin gibt noch einen kurzen Hinweis: »Hören Sie aufmerksam zu und versuchen Sie, auf die Aussagen Ihres Gesprächspartners einzugehen, um den Gesprächsfluss in Gang zu halten.«

Sie: »Guten Tag.«

Er: »Hallo.«

Sie: »Was machen Sie denn so?«

Er: »Wie meinen Sie das?«

Sie: »Na ja, was Sie so machen.«

Er: »Tagsüber oder in der Straßenbahn, im Zoo, oder wenn ein Meteorit einschlägt?«

Sie: »Nee, so beruflich.«

Er: »Oh, ach so. Tut mir leid, ich habe keine

besonders gute Auffassungsgabe. Aber dafür bin ich ziemlich gut im Bett.«

Sie: »Ich hatte mal ein schwarzes Bett. Und einen Tischgrill.«

Er: »Und ich habe den schwarzen Gürtel im Waffeln backen.«

Sie: »Sagt die Null zur Acht: Schicker Gürtel.«

Er: »Gestern, Borussia gegen Köln, vier zu null.«

Sie: »Ich habe mal in Köln gearbeitet.«

Er: »Der Großonkel der Schwägerin meiner Nichte väterlicherseits hat Don Johnson in Köln mal aus dem Auto steigen sehen.«

Sie: »Wer ist Don Johnson?«

Er: »Der ist von Beruf Schauspieler.«

Sie: »Und, was machen Sie so beruflich?«

Er: »Kommunikationsmanager.«

Sie: »Ist doch nicht schlimm. Hauptsache, Sie sind gut im Bett.«

Er: »Hatten Sie nicht mal ein schwarzes Bett?«

Sie: »Ja, beruflich. In meiner Freizeit bin ich Jungfrau.«

Er: »Ich auch. Aszendent Tischgrill.«

Pause. Das Paar schaut in die Runde. Vereinzelt hört man unsicheren, verhaltenen Applaus. Einige Teilnehmer suchen Augenkontakt zur Kursleiterin. Die atmet schwer und teilt mit: »In Uganda ist gerade ein

Meteorit in der Innenstadt eingeschlagen. Das Ruhrgebiet muss evakuiert werden. Keine Panik. Bitte verlassen Sie das Gebäude schnell und geräuschlos über das zentrale Nervensystem.«

VHS-Anfängerkurs. Ende der ersten und letzten Stunde.

Die Kursleiterin arbeitet jetzt in einer Autowaschstraße am Dampfstrahler. Beruflich und privat kommuniziert sie nur noch über die Handzeichen für: »Ein Stück vor«, »Stopp«, und »Weiter«.

Sittenverfall

Als meine Freundin Helen anrief, um mich zu einem Meditationskurs zu überreden, war ich zunächst skeptisch. Aber Helen wertete den Kurs als Sportveranstaltung und ihr Vortrag über Entspannung und Seelenruhe klang sehr überzeugend. Insbesondere die Information, dass langes, unbewegliches Sitzen ein Schlüsselelement der Meditation sei, war ausschlaggebend für meine Entscheidung, einen Versuch zu wagen. Ich erhoffte mir das Ende des ständigen Schwankens zwischen McFit und McDonalds. Mich lockte die durchaus realistische Möglichkeit, mit den Worten: »Ich gehe zum Sport« das Haus zu verlassen, ohne gelogen zu haben.

Schon in der darauffolgenden Woche holte Helen mich und meine nagelneue Meditationsmatte zur ersten Stunde ab. Zu Transportzwecken war für diese Anschaffung eine weitere Investition, nämlich eine Sporttasche in der Größe Nordrhein-Westfalens, notwendig.

Nicht zum ersten Mal erforderte mein persönliches Wohlbefinden den Einsatz finanzieller Mittel. Bei uns im Keller türmen sich eine ganze Reihe dieser Investitionsgüter, die jedoch bisher allesamt den Dienst im Geiste meiner Gesundheit verweigern.

Oft stellt sich erst nach der geldlichen Aufwendung heraus, dass zum Beispiel eine Trainingstasche, trotz des verheißungsvollen Namens, das Training nicht eigenverantwortlich erledigt.

Der Heimtrainer absolviert die von meinem Hausarzt empfohlenen täglichen fünf Kilometer auch nicht unbegleitet. Zu spät erkannte ich, dass das Gerät in der Erwartung konzipiert wurde, dass jemand darauf sitzt und die Pedale betätigt.

Und auch die Nordic Walking-Stöcke wandern nicht alleine durch den Wald. Obwohl ich hier die Hoffnung hatte, dass sich Wissenschaft und Technik inzwischen weiterentwickelt haben. Nordic Walking klingt bereits nach einer skandinavisch fortschrittlichen Innovation. Wenn ein Auto autonom fahren kann, sollte es doch wohl möglich sein, ein paar Knüppel in Bewegung zu setzen.

Die Forschung arbeitet tagtäglich an Projekten, die den kompletten Erdball in einen Ort der Apokalypse verwandeln könnten. Für die potentielle totale Zerstörung der Menschheit werden Zeit, Geld und Kreativität aufgewendet. Anstatt sich mit der ständigen Visualisierung von atomaren Wüstenlandschaften zu beschäftigen, sollte vielleicht mal endlich eine Lösung gefunden werden, die es dem normalen Menschen ermöglicht, stündlich ein Pfund Schokolade zu verdrücken, ohne gleich einen Super-GAU zu erleben. Hier erwarte ich mehr. Auch von der Politik. Die nächste Partei, die das in ihr Wahlprogramm aufnimmt, werde ich ankreuzen.

Schon jetzt möchte ich die verantwortlichen Wissenschaftler davon in Kenntnis setzen, dass ich nach dem Sauerbraten ein kleines Nickerchen machen will. Es soll ja Leute geben, die Spaß daran haben, ihren Magen direkt nach dem Essen vor die Tür zu zerren, um den Darmtrakt in Bewegung zu bringen. Ich hingegen möchte mein Haupt auf die Kissen betten und mir kurz vor dem Wegdämmern noch eine Praline in die letzte Lücke schieben. Ich brauche keine Atombomben, ich brauche Kalorienbomben!

Bis es soweit ist, beruhigt mich die Tatsache, dass auch Helen, mit der Einstellung: »Warum zu Fuß gehen, die paar Meter können wir auch fahren«, unsere gemeinsame sportliche Herausforderung angehen möchte.

An unserer neuen Wirkungsstätte hatte sich bereits eine illustre Runde an Wohlbefindern eingefunden. Sofort wurde ein Stuhlkreis gebildet. Ohne Stühle. Einige nahmen im Lotossitz eine entspannte Position ein. Was für Streber. Besserwisserisch erklärten sie uns, dass der Kopf über die Körpermitte und das Anwinkeln der Beine ausbalanciert werden müsse. Ein erster fader Beigeschmack entfaltete sich. Ist das nicht ein bisschen zu ambitioniert, um wohltuend zu wirken? Ich fühlte eine erste unterschwellige Erschöpfung. Wie Axel Schulz ging ich zu Boden und versuchte erst gar nicht, meine Beine in ein »gleichschenkliges Dreieck« zu verwandeln. War ja schließlich keine Mathestunde.

Unsere Kursleiterin stellte sich als Feodora vor. Zusätzlich rannte ein Schamane mit einem brennenden Reisigbund zur Reinigung der Luft von schlechten Vibrationen um uns herum. Der Duftwedler ergänzte sein Reinigungsritual mit einem sanften Singsang aus OMs. Das sich ausbreitende Odeur war durchaus angenehm. Hinter der aromatischen Nebelwolke forderte Feodora uns auf, bei der Vorstellungsrunde nicht nur unsere Namen, sondern auch den Grund für unsere Teilnahme am Kurs mitzuteilen.

»Ich heiße Walter und eigentlich bin ich ein ganz ruhiger Typ, der in seiner Mitte schwingt«, brüllte der erste, der offenbar per Krankenschein aus der Aggressionsbewältigungstherapie in die Meditationsrunde umgeleitet worden war.

Die nächste war Gloria. Die hatte eine so komische Stimme, dass ich mich fragte, aus welchem Material die Matte war, auf der sie saß.

Routiniert gab Klaus gleich seine sämtlichen Personalien bekannt. Wie bei der Polizeikontrolle. Das hatte bestimmt eine Vorgeschichte.

Dieter gab uns zu verstehen, dass er Arbeit als grausamen Scherz der Gesellschaft verstand. Seine Motivation war das Streben nach grenzenlosem Glück. Ohne Tarifvertrag. Zu dem Zweck plante er, seinen physischen Körper zu verlassen und seine sozialen Bezüge nur noch auf der Astralebene in Empfang zu nehmen. Wenn Dieter in seinem vom Bewusstsein befreiten Körper in den Wartebereich des Arbeitsamtes schwebt, wäre ich gerne dabei.

Dörte fiel auf, weil sie eine fehlerhafte Tätowierung im Nacken trug. Hier bestätigte sich, dass das Motiv mindestens genauso wichtig ist, wie die Wahl des richtigen Tätowierers. Laut Dörte sollte das Tattoo lauten: »Wer liebt, der lebt!« Dort stand aber: »Wer liebt, der hebt!« Ein heikler Fehler, da Dörte ein wenig mehr auf den Rippen und auch kein Interesse an einer Liebesbeziehung mit einem Kampftrinker hatte.

Aufgrund der Unschärfe in der Aussage, stand unter den Anwesenden schnell die Befürchtung im Raum, dass Dörte wie eine Flagge gehisst würde, wenn jemand auftauchte, der sich etwas aus ihr machte und kräftig genug daherkäme. Alle waren sich einig, dass in einer Partnerschaft Klarheit in der Kommunikation herrschen müsse. Man muss sich unmissverständlich ausdrücken: »Tiefer!«, »Stell den Rasensprenger aus!«, »Tanz mit mir Tango im Morgengrauen!«. Das sind präzise Befehle, die verstanden und umgesetzt werden können. Es ist weiterhin förderlich, den Imperativ dort zu notieren, wo er sichtbar präsentiert wird. Glorias Vorschlag war die Stirn oder der Handrücken. Ungefragt rieten wir Dörte, sich noch einmal unter die Nadel zu legen.

Dem Rest der Vorstellungsrunde konnte ich nicht mehr richtig folgen. Ich dachte die ganze Zeit an nichts anderes als an das Sortiment des Schokoladenherstellers ‚Feodora‘. Vollmilch-Täfelchen, ganze Nüsse in Zartbitter, Sahne-Mocca, Mandelsplitter …

Um positiv in die Entspannung zu starten, streckte ich mich der Länge nach auf meinem neuen Vorleger aus. Feodora sprach ruhig auf uns ein und forderte uns auf, gleichmäßig zu atmen und unsere Gedanken ziehen zu lassen. Fürs Erste war nicht viel mehr zu tun, als herumzulümmeln und zu atmen. Da ich über ausreichend Lebenserfahrung verfüge, um in erprobter Weise ein- und auszuatmen, war das kein Problem für mich. Endlich eine Sportart, die ich dauerhaft ausüben konnte! Ein Lächeln huschte über mein Gesicht und überraschend schnell fühlte ich mich befreit von irdischen und menschlichen Ärgernissen.

Genauso schnell offenbarte sich die körperliche Befreiung meiner Mitstreiter. Irgendwer entledigte sich seiner Spannungsfelder in enthemmter Weise über den Mastdarm. Der Nachweis des Verursachers war im ersten Moment schwierig, aber die Tatsache, dass der Schamane recht engagiert um Gloria herum wedelte und dabei versuchte, das Bestmögliche aus seinem Reisigbündel herauszuquälen, war gewissermaßen richtungsweisend. Gloria tat, als wäre sie ihrem Geist entrückt und kofferte weiter. Wohl in der Annahme, dass man sie nicht sicher identifizieren könne.

Und dann machte Feodora die monumentale Aussage, dass sich keiner für seine Körperwinde schämen müsse. Sie ging sogar so weit, zu erklären, dass Blähungen ein Beleg für den Erfolg der Entspannungsübung seien, da sich der seelische Frieden auf die inneren Organe übertragen hätte.

Als hätten alle nur darauf gewartet, ihrer Darmflora endlich den entsprechenden spirituellen Raum zu geben, brach daraufhin eine Methanwolke durch den wohlduftenden Bodennebel des Reisigbundes. Plötzlich roch es, als hätte jemand auf eine Duftkerze geschissen.

Die erste konkret zu lokalisierende Luftnummer kam von Walter. Offenbar wohnte in seinem Hinterteil eine Blechblaskapelle, die wie beim militärischen Appell mehrere Salven abfeuerte. Zwar unkontrolliert laut, aber in gewisser Weise strukturiert.

Klaus hatte das nicht drauf. Da zog sich der Abschluss der Darbietung doch ein wenig hin. Offenbar hatte er am Abend zuvor scharf gegessen. Ich hatte zwischenzeitlich die Befürchtung, dass er anfinge zu brennen wie ein Grillanzünder.

Ich schaute mich nach Helen um. Die lag komatös am anderen Ende des Raumes und atmete angesichts der neuen Entwicklungen betont flach vor sich hin.

Kurz darauf lud Dörte direkt neben mir den Bürzel durch und ließ ein mittelgroßes Tischfeuerwerk abfackeln. Hatte ich da gerade die Melodie von »Strangers in the night« rausgehört?

Oha, jetzt entspannten sich auch bei Dieter die Chakren so richtig. Der verabschiedete sich kurz nach seinem Beitrag mit der Information, dass er jetzt dringend »einen durch die Brille boxen« müsse.

Weiter hinten stand jemand auf und ließ bei jedem Schritt ein »TröÖÖT« fallen.

Bei all den parallel stattfindenden Befreiungsschlägen war doch ein gewisser, an Lautstärke zunehmender Gleichklang zu erkennen. Ein Crescendo der Kollektiventgleisung sozusagen.

Weil sonst gerade nichts anderes zu tun war, überlegte ich, ob wir vielleicht die »flatulierenden Philharmoniker« werden und uns auf den Bühnen der Welt durch sämtliche Oktaven blähen könnten.

Der Soundcheck der Dickdarmbläser würde mit einer ordentlichen Portion Wirsing beginnen. Ich sah uns schon um die Welt touren wie das Bolschoi-

Ballett, eingehüllt in einen ständigen Schwaden serbischer Bohnensuppe. Anstelle von Operngläsern würden wir Nasenklammern im Foyer der Mailänder Scala verkaufen. Und vorgestellt würden wir durch unser Pralinchen Feodora mit den Worten: »Das hier ist Walter, unser erster Verdauungsmeister. Er spielt heute auf seinem Zwölffingerdarm das Forellenquintett.«

Möglicherweise ließe sich das Rülpsen in gleicher Weise kultivieren. Warum nicht sämtliche vorhandenen Öffnungen nutzen? So ein paar amtliche Bäuerchen als begleitende Untermalung könnten einen wichtigen melodischen Beitrag leisten und die benötigten Dezibel produzieren, um in den Opernhäusern der Welt angemessen Gehör zu finden.

Und wie ich so da lag und der blähenden Gesellschaft lauschte, dachte ich an all die nicht gesellschaftsfähigen Dinge, zu denen unser Körper fähig ist. Meine Mutter hatte mir beigebracht, meine Umgebung möglichst wenig zu belästigen. Ich halte mir die Hand vor den Mund, wenn ich gähne oder aufstoße. Ich schmatze nicht, spreche nicht mit vollem Mund, ich pople nur in der Nase, wenn ich alleine bin, und ich bemühe mich ständig um die Kontrolle meiner Verdauungsorgane. Unweigerlich fragte ich mich, wie weit wir noch gehen würden, wenn uns eine Autorität wie Feodora aufforderte, unsere innere

Haltung und unser Schamgefühl komplett in die Tonne zu kloppen. Wo würde das enden? Würden wir bei Bedarf die Hose runterlassen und neben den Restauranttisch pinkeln? Oder uns gegenseitig unsere Popel zeigen? Mit meiner Entspannung war es plötzlich vorbei. Sie wich einem Anflug von Panik und einer diffusen Angst um Sitte und Anstand.

Aber dann fiel mir ein Bewerbungsgespräch ein, zu dem ich vor einer Ewigkeit eingeladen worden war. Um einen guten Eindruck zu vermitteln, war ich pünktlich um 8.30 Uhr angetreten. Allerdings lehnte ich nach einem freundlichen ‚Guten Morgen' die Frage, ob ich etwas trinken möchte, mit der Begründung ab, dass ich mit dem Auto da sei. Meine Hoffnung, nach dieser Aussage besonders verantwortungsvoll zu wirken, war unbegründet.

Als ich dann vor Nervosität auch noch einen unüberhörbaren Pups ziehen ließ, taten die leitenden Angestellten der Personalabteilung es mir gleich: Sie ließen ebenfalls einen ziehen. Und das war ich. Mit einem schnellen »Wir melden uns« wurde ich kurz nach dem Fauxpas verabschiedet. Den Job habe ich nicht bekommen. Und davon ist die Welt nicht untergegangen. Im Gegenteil. Die Firma war ein halbes Jahr später pleite. Fazit: Sich unanständig zu verhalten kann sich gelegentlich als durchaus richtig herausstellen.

Nach diesen Überlegungen kehrte meine innere Ruhe zurück. Entspannt lag ich auf der Matte und lauschte meinen neuen philharmonischen Kollegen aus dem Orchester der Düfte bei etwas, was ein wenig wie die Ouvertüre aus der Zauberflöte in Es-Dur klang.

»Sich daneben zu benehmen macht nur Spaß, wenn man ein anständiger Mensch mit Manieren ist, der eigentlich weiß, wie es richtig geht. Anderenfalls ist man einfach bloß ein Prolet.« (Meine Mutter)

Nachschlag

Ein Gespräch, kurz vor Beginn meiner ersten Meditationsstunde.

Er: »Ich bin Yoga-Lehrer.«

Ich: »Tatsächlich? Du kennst dich also aus mit Entspannung, Atmung und Meditation?«

Er: »Genau.«

Ich: »Wo kann man denn deine Kurse besuchen?«

Er: »Gar nicht. Hab aufgehört. Burnout.«

Hans und Gretel

Hans und ich sind schon zusammen, seit ich denken kann.

Wir kennen uns gut, mögen uns aber überhaupt nicht. Manchmal rede ich laut mit ihm. Wenn wir kommunizieren, streiten wir. Oder diskutieren stundenlang. Manchmal tagelang. Ich habe das so satt. Von nichts und niemanden habe ich so sehr die Schnauze voll wie von Hans.

Aber ich kann ihn nicht abschütteln. Ich habe versucht, die Verantwortung für ihn abzugeben. Aber niemand will ihn haben. Ich würde ihn so gerne einfach ignorieren, ihn stehenlassen, ihn überwinden.

Auf meine Versuche, ihn loszuwerden, reagiert er gelassen. Zudem ist er der Meister der schlechten Ausrede und verbrüdert sich in regelmäßigen Abständen mit seiner Schwester Gretel. Die ist unwesentlich jünger und nervt mich ebenfalls zu Tode.

Hans und seine Schwester arbeiten Hand in Hand. Immer gegen mich. Sie sticheln und streuen Salz in meine Wunden. Sie provozieren mich und geben mir das Gefühl, ein schlechter Mensch zu sein. Wie sehr ich das hasse!

Aber der Tag wird kommen. Die Sonne wird scheinen, ich werde gut gelaunt sein und alles richtig machen. Und dann, dann ist es soweit. Irgendwann ist er da, der Tag aller Tage.

Der Moment, an dem ich Hans, meinen inneren Schweinehund, überwinde. Und dann wird Gretel, mein schlechtes Gewissen, ebenfalls für immer Geschichte sein.

Respekt und Rache

Meine Mutter hat mich immer dazu ermuntert, viel zu lesen und zu reisen.

»Es ist wichtig, sich mit anderen Kulturen, Ländern, Religionen und Sprachen zu beschäftigen. Das wird dir helfen, respektvoll und tolerant zu werden, und die Welt, in der du lebst, besser zu verstehen.«

Als gute, gehorsame Tochter war ich also viel auf Reisen und hatte immer ein paar Bücher dabei. Zurückgekommen bin ich mit jeder Menge Souvenirs. Schließlich wollte ich meine toleranten, respektvollen und weltoffenen Wesenszüge auch visuell in Szene setzen. Neben einem handgeschnitzten Schlüsselanhänger in Form einer Tüpfelhyäne aus Botswana, einer Maori Tiki-Statue aus Neuseeland und der Schneekugel »Schwebebahn« aus Wuppertal schleppte ich auch meinen neuen Freund Raylan zu Hause an. Besonders sein trockener britischer Humor und seine lässige Art haben mich begeistert. Ich war jung und hingerissen.

Dass Raylan aussah wie ein orientalischer Punk, war meiner Mutter egal. Allerdings war sie vor dem ersten Treffen mit ihm ein wenig nervös, weil mein Darling aus Großbritannien nur englisch sprechen konnte. Was sie nicht gut konnte. Ihrer Weltanschauung folgend hatte meine Mutter sich mit einigen Sprachen beschäftigt, aber ausgerechnet unsere Weltverkehrssprache Englisch war nicht dabei gewesen.

Raylan war gelassener, fragte mich aber kurz vor dem ersten Zusammentreffen nach einer besonders freundlichen Formulierung auf Deutsch, um meine Mutter herzlich zu begrüßen. Das hätte er besser bleiben lassen. Er hätte es wissen müssen. Wir kannten uns immerhin schon ein paar Monate.

Andere Länder und Kulturen sind ja gut und schön. Und Respekt und Toleranz sind auch nicht verkehrt. Aber irgendwo hört der Spaß auf. Da ist das Ende der Fahnenstange erreicht. Ende Gelände, finito Bandito, rien ne va plus, Schluss mit Stuss.

Ich bin es schließlich gewesen, die großzügig über die schmerzliche Vergangenheit unserer Kulturen hinweggesehen hatte. Ich war diejenige, die sämtliche Vorwürfe vermieden und jede Andeutung unterdrückt hatte. Und dann so eine Steilvorlage. Die musste ich einfach verwandeln. Das war meine verdammte Pflicht. Völlig unerwartet eine Chance auf Gerechtigkeit. Da konnte ich nicht anders. Das hätte ja wohl jeder so gemacht.

Und so kam es, dass mein britischer Freund meine deutsche Mutter – mit einem strahlenden Lächeln und ausgebreiteten Armen – mit den Worten: »Klamotten runter, du scharfe Schnitte!« begrüßte. Und zur Freude meiner rachsüchtigen Seele nutzte er die anschließende Verwirrung noch während der Umarmung mit meiner Mutter, um nachzusetzen: »Heute ist ein guter Tag für Geschlechtsverkehr!«

Ich für meinen Teil habe meinen Frieden mit dem Wembley-Tor von 1966 gemacht.

Für immer.

Herdentiere

Ich bin für Individualität. In jeder Beziehung. Wenn es um Kleidung geht, zum Beispiel.

Wir müssen keine Uniformen tragen. Es ist unnötig, zu jeder Zeit erkennen zu können, wer auf welcher Seite steht. Wir führen keinen Krieg. Und dennoch möchten wir mit unseren Klamotten zeigen, wo wir uns zugehörig fühlen, wen wir bewundern, oder mit was wir uns beschäftigen. Der Mensch ist ein Herdentier. Wir glauben praktisch alles oder tolerieren es blind, solange es mit ausreichender gesellschaftlicher Glaubwürdigkeit vorgetragen wird. Das ist leider wahr und es erklärt, warum sich bei Ereignissen wie Sonderverkaufsaktionen regelmäßig etwas abspielt, das an eine Viehherde erinnert, die durch ein enges Gatter getrieben wird, sobald die Türen des Kaufhauses geöffnet werden. Und das gilt im Übrigen nicht nur für Klamotten, sondern auch für alle anderen sogenannten Lifestyle-Produkte.

Ich frage mich, ob wir den Kram anziehen würden, wenn wir wüssten, wie die Leute aussehen, die sich solche Kleidungsstücke in den Hinterzimmern der

Trendforschung und der Modekonzerne ausdenken. Wie die Konsumenten rumlaufen, ist denen doch scheißegal. Die wollen Kohle machen. Auch, wenn sich der zukünftige Trendsetter im Must-have der Sommersaison der totalen Lächerlichkeit preisgibt, und mit seinem Hemd, das aussieht, als wäre es aus der Kakadu-Couch von Oma Plüsch herausgesägt worden, bis in alle Ewigkeit in den Weiten der digitalen Welt sichtbar bleibt. Ich kann nur vermuten, wie ein »kreativer« Prozess abläuft, der größtmögliche Profite zum Ziel hat. Vielleicht läuft es so:

Karierten Stoff gibt es im Sonderangebot. Der wird in China ganz billig hergestellt. In großen Mengen und gerade recht zur Herbstsaison. Es wird beratschlagt, was man massentauglich daraus herstellen, und möglichst häufig verkaufen kann.

Man entwirft Röcke für die Damen, und auch für Herren. Das erhöht den Verkaufsradius enorm. Man muss ein wenig Geld investieren, um zu verschleiern, dass die Ware unter unmenschlichen Bedingungen für einen Hungerlohn in einer Fabrikruine in Bangladesch hergestellt wird. Die Röcke werden nach Berlin geschafft. Hier wird der letzte Knopf an die Naht getackert, um ein »Made in Germany«-Schildchen zu rechtfertigen.

Dann verschickt man sie an alle prominenten Menschen auf der ganzen Welt und wartet. Der, der das Stück zuerst in der Öffentlichkeit trägt, entscheidet über die Zielgruppe. Ist es jemand aus dem britischen Königshaus, hat man größtmögliches Glück. Die Royals sind viele und haben für alle Altersgruppen Mitmachpotential. Man entwickelt obendrein eine niedliche Kopfbedeckung für Kleinkinder, die hoffentlich dem kleinen Thronfolger auf den Deez gesetzt wird, und sich damit – ganz schottisch patriotisch – in der Öffentlichkeit blicken lässt. Nicht nur, dass jetzt das Geschäft mit den Röcken ordentlich in Schwung kommt. Jetzt erobert das Stöffchen aus der fernen Volksrepublik auch noch die ganz junge Zielgruppe. Wen das nicht überzeugt, dem wird zusätzlich mit allen Mitteln der Werbeindustrie verdeutlicht, dass die Dame das kommende IT-Piece unbedingt haben muss. Sonst ist sie gesellschaftlich am Arsch.

Dem Herrn wird klar gemacht, dass der Rock für den Mann ein absolutes Must-have der kommenden Saison ist. Im Stil von Braveheart, den harten Kerlen, den Mc-Sowiesos. Die im Rock in die Schlacht ziehen. Für die Freiheit. Die Beinfreiheit. Man überlässt dem Herrn die Entscheidung in Sachen Unterhose und deklariert dies als eine reizvolle Zugabe. Das macht den Trendsetter, in Zeiten, wo über jeden alles im Netz steht, geheimnisvoll und interessant. Alle bekannten sozialen

Netzwerke werden mit Postings, Videos und Fotos von Männern überschwemmt, die in karierten Röcken die unglaublichsten Dinge tun. Man baut einige lustige Stellen ein und ein paar gefährliche, damit sich ein Selbstläufer entwickelt. Bestenfalls gelingt es, eine »Challenge« für den guten Zweck zu inszenieren. Für die schottische Unabhängigkeit. Damit heizt man überdies eine politische Diskussion an, die weitere Aufmerksamkeit schafft.

Den chinesischen Stoff ist man profitabel und schnell losgeworden. In der Zwischenzeit beschäftigt man sich mit Werbemaßnahmen, die dafür sorgen, dass der eifrige Kunde die Tatsache ignoriert, dass kein Land in Europa mehr Textilmüll produziert als Deutschland, und sich von dem karierten Super-Piece schnellstmöglich wieder verabschiedet, um Platz im Kleiderschrank zu schaffen. Die neue Saison steht vor der Tür. Der Konsument wird in Atem gehalten mit den nächsten Trends, die mindestens sechs Wochen en vogue sind.

Das einige Hundert Rockträger sich beim Urologen einfinden müssen, um Folgeschäden behandeln zu lassen, bleibt unbeachtet. Bis ein Konsumritter aus Alabama den Hersteller der Röcke auf Schmerzens-geld verklagt. Die Klageschrift erläutert ausführlich, dass ein Schild am Textil, das davor warnt, auf welche

Größe ein Hodensack anschwellen kann, wenn man keine Unterhose trägt, fehlt.

Ein Tiefschlag? Nein. Eine Gelegenheit. Alle Informationen zu dieser Klage verbreitet man im Netz und produziert aus einem Restposten karierte Unterhosen mit doppeltem Innenfutter. Besonders sicher, auch bei Bodenfrost. Dazu passend fertigt man einfarbige Frotteestrümpfe mit eingewebten Leuchtfasern für die anstehende Skisaison an. Zunächst versteht niemand, was es mit der Fußbekleidung auf sich hat, und warum er sein Geld »investieren« soll.

Wenn die Käuferschaft sich weigert, ihr Geld sinnlos zu verballern, wendet die Werbeindustrie das Marketingprinzip »Lautes Schweigen« an. Auf diese Weise kreiert sie einen Geheimtipp. Die Methode kommt insbesondere bei minderwertigen Produkten zum Einsatz. Bei einem Getränk etwa, das schmeckt wie eine Mischung aus Kamel-Schweiß und altem Schmelzkäse, über das man unter dem Deckmantel der Verschwiegenheit verbreitet, dass es illegale synthetische Substanzen enthält, die den männlichen Haarwuchs anregen oder die sexuelle Leistungsfähigkeit steigern.

Im Fall der Strümpfe munkelt man öffentlich, dass die Leuchtfasern in Deutschland vom TÜV nicht zugelassen wurden. Obwohl es absoluter Kokolores ist, zu glauben, dass der TÜV-Sicherheitsprüfungen für

Kniestrümpfe anbietet, funktioniert der Hauch des Verbotenen insbesondere bei der jüngeren Generation. Voll krass.

Ab sofort wird die Ware über die Grenze in die Wintersportorte Österreichs und der Schweiz »geschmuggelt«. Das angebliche Export-/Importrisiko lässt man sich doppelt vergolden und redet weiblichen, besonders finanzstarken Konsumentinnen ein, dass Herrensocken ab sofort auch für Frauen angesagt sind. Über der Skihose. Dafür, dass sich die Trendsetterin damit ordentlich lächerlich macht, weil es unglaublich beschissen aussieht, kann man ordentlich was verlangen. Werbung kostet schließlich. Ein passendes Parfum in einem leuchtenden Flacon wäre auch profitabel. Und schon wieder geht alles von vorne los …

Warum machen wir den Quatsch eigentlich alle paar Wochen wieder und wieder mit? Neue Saison, neue Trends, neue Must-haves. Warum fallen wir immer wieder in Dauerschleife auf die uns doch sehr wohl bekannten Werbetricks der Werbeindustrie herein? Warum lassen wir uns einreden, dass wir zu gesellschaftlichen Außenseitern werden, wenn wir nicht ständig Dinge kaufen, die wir nicht brauchen? Warum sagen wir nicht einfach: Ich mach ein Loch in die Mitte von einem Spannbettlaken und werfe mir das Teil über. Fertig. Bleibt uns weg mit eurem blöden Scheiß!

Ich ahne, warum. Wahrscheinlich entwickelt sich ein Trend daraus, mit nichts weiter als einem kaputten Laken über der Omme herum zu laufen. Dann sehen wir aus wie eine Armee von Honigmelonen mit Füßen. Wie die Barbapapas des 21. Jahrhunderts.

Sicher, das wäre mal was anderes. Aber wenn es alle machen, nicht besonders individuell.

Dann ist es nämlich Mode.

Ihr lacht über mich, weil ich anders bin. Ich lache über euch, weil ihr alle gleich seid. (Kurt Cobain)

Das hat er von mir

Kinder werden bisweilen überfordert. Von Eltern, die sich nicht eingestehen können, dass die von ihnen hergestellten Abkömmlinge nicht so klug, so hübsch oder so talentiert geraten sind, wie sie es gerne hätten. Denn das würde heißen, dass man als Elternteil selbst auch nicht schlau, schön oder begabt daherkommt. Der Gene wegen.

Sind wir ehrlich. Nicht sämtliche Nachkommen weisen elitäre Qualitäten auf. Irgendwo müssen die Idioten ja herkommen.

Trotzdem lebt so manches Elternpaar in der Illusion, dass ihre Sprösslinge zu den Besten, Besonderen und Einmaligen gehören. In diesem Zusammenhang wird talentfreie Doofheit häufig mit Faulheit gerechtfertigt. »Die Rapunzel kann das. Die Klasse wiederholen muss sie nur, weil sie zu faul war.« Man könnte erwidern, dass die Rapunzel dann wohl zu blöd ist zu verstehen, dass faul sein eine dumme Idee ist. Aber das interessiert weder die Eltern noch die Rapunzel. Ihr Bruder Castor »… ist halt ein Freigeist, der kein Interesse daran hat, das Klavier auf die herkömmliche Weise zu spielen.« Das stimmt insofern, als dass der Castor mit der von ihm erfundenen »Mit-dem-Kopf-auf-die-Tasten-Klopp-Technik« durchaus eine gewisse Kreativität bewiesen hat. Vielleicht wäre es in Castors Fall sinnvoller, ihn in dem zu fördern, was ihm entspricht. Auch, wenn das im Ergebnis nicht unbedingt zu einem Weltklasse-Pianisten wie Vladimir Horowitz führt. Für das eine oder andere Elternteil mag es eine Überraschung sein, aber tatsächlich ist es so, dass man auch auf einen Klempner stolz sein kann.

Allzu oft wollen Mütter und Väter jedoch die eigenen, nicht erreichten Ziele und Träume in ihren Kindern verwirklicht sehen. Dabei wird manchmal auf erschreckende Weise übertrieben.

»Uns ist nur wichtig, dass du glücklich bist. Du kannst werden, was immer du möchtest, mein Kind, solange du eine akademische Laufbahn einschlägst. Deshalb haben wir dich ja zum Suaheli, zum Golf und zum Anatomiekurs geschickt ... als du drei warst. Als Chirurg benötigst du ein breitgefächertes Repertoire, um dir ein internationales Renommee zu erarbeiten ... Wir meinen es doch nur gut. Du sollst es mal besser haben als wir. Und wir wollen es auch besser haben.«

Und dann wird der Nachwuchs bis zur Volljährig-keit für jeden Scheiß gelobt, mit dem Ergebnis, dass die Kinder mit achtzehn denken, sie sind die Tollsten, weil sie kacken können. Anatomie halten sie hingegen immer noch für einen Stadtteil von Oberhausen.

Das sind die einen. Andere Mütter und Väter verstehen Erziehung als Begleitung des Kindes ins Erwachsenenleben, bei der die Eltern sich darauf beschränken, ihre Werte, Moral und ihre Charakterstärke vorzuleben und darauf hoffen, dass ihr Nachwuchs daraus die richtigen Schlüsse zieht.

Das Konzept ist nicht schlecht und es würde funktionieren, wären da nicht die Dinge, die wir Erwachsenen zwar ständig tun, die jedoch in keinem Fall als vorbildlich zu bezeichnen sind. Wie etwa, zu betrügen, zu lügen, zu klauen, zu verletzen und nicht zuletzt, im verwanzten Pullunder mit einer Tüte Chips und einem Kilo Pralinen auf dem Ranzen, der Bierflasche in der einen und der Zigarette in der anderen Hand vor dem Fernseher zu lungern, und sich stumpfsinnige Kuppelshows, Reality Schwachsinn, billige Actionfilme oder sinnbefreite Serien anzusehen. Aus eigener Erfahrung kann ich sagen, dass kein junger Mensch sich an meinem Verhalten ein Beispiel nehmen sollte. Begleitung ist ja gut und schön. Aber Erziehung ist kein Escort-Service. Zwischendurch muss auch mal Schluss sein mit der Lenor-Nummer. Ab und zu muss der Nachwuchs einfach bloß erzogen werden. Bitte, danke, Füße vom

Tisch. Zähne putzen, ausziehen, waschen, ab ins Bett. Ohne Heckmeck.

Ich selbst habe ein Patenkind: Lenny. Astrid und Marco gehören nicht zu den Eltern, die Kinder wollten, um endlich einen Arzt in der Familie zu haben. Sie sind gute Vorbilder, weil sie in ihrer Beziehung gleichberechtigt leben und ihre Mitmenschen ihnen wichtig sind. Ihr Angebot, Lennys Patentante zu werden, hat mich überrascht. Ich war mir damals nicht sicher, ob ich für den Posten geeignet bin, und äußerte Bedenken: »Ihr wisst schon, dass ich kein Spitzenumgang für ein Kind bin? Ich hab's nicht mal geschafft, Deedee ein einfaches ‚Sitz' beizubringen. Der Hund hat den ganzen Tag nur Unsinn in der Birne, und wenn er sauer ist, pinkelt er mir ins Bett. Wollt ihr das wirklich?«

Lennys Großeltern starben bereits allesamt, bevor er geboren wurde. Deshalb fasste Astrid meine künftige Aufgabe wie folgt zusammen: »Du bist die Surrogat-Oma. Kino, Kirmes, Kinderriegel.« Und Marco, von Beruf Fotograf, ergänzte: »Wir sind die Schwarz-weiß Bilder. Du bist der Farbfilm.«

Okay, das krieg ich hin, dachte ich, und für alles andere bot ich mich als schlechtes Beispiel an. »Schau her, Sohn. So wie deine Patentante sollte man es unter keinen Umständen machen.«

Lenny ist kein Idiot. Natürlich nicht. Er ist klug, talentiert und hat sich inzwischen zu einem coolen Typen entwickelt. Im Laufe der Jahre habe ich ihm Stan & Olli, die Peanuts, Van Morrison, Pink, Harriet Tubman, die Ramones und die Blues Brothers vorgestellt. Wir waren bei meiner Mutter im Theater, beim BVB im Stadion und bei Batman im Kino. Und von mir hat er seine allerersten Chucks zum Geburtstag bekommen. Ich habe mir Mühe gegeben. Den Rest mussten seine Eltern erledigen.

Lenny beim Aufwachsen zuzusehen, hat Spaß gemacht. Mehr, als ich dachte.

So konnte der Kleine zum Beispiel recht lange kein »R« aussprechen und hat diesen Buchstaben einfach konsequent weggelassen. Besonders, wenn es um die Tierwelt ging, war das zum Wegwerfen komisch: Auhaadackel, Aupe, Egenwum, Eh, Obbe, Ingelnatte … Ich muss zugeben, dass ich ihm in der Weihnachtszeit absichtlich »Rudolph the red nosed reindeer« beibrachte. Das war einfach um Längen lustiger als »Stille Nacht« oder »Oh Tannenbaum«. Außerdem bin ich schuldig, ihm das Stofftier »Udi, die Atte« geschenkt zu haben.

Wie alle kleinen Kinder mochte Lenny Wiederholungen. Wenn man etwas tat, was ihm gefiel, wollte er, dass man es wiederholt, bis er wegpennt. Er bat darum, indem er das, was für ihn »noch mal« hieß, unzählige Male hintereinander forderte: »Numai, numai, numai …«. Ich hatte zunächst angenommen, dass er, bevor er ordentlich laufen konnte, bereits die japanische Sprache beherrschte. Mein Einfluss als Patentante musste sich ja schließlich irgendwo niederschlagen. Gut, ich spreche kein Japanisch, aber ich kann Kölsch verstehen und trinken. Es war also eindeutig. Die Sprachbegabung hatte er von mir. Anders ging's ja wohl nicht. Von nix kütt nix.

Es war einfach, Lenny zu amüsieren oder zu erreichen, dass er nicht weint. Ich musste ihn nur in die Luft werfen oder das Guck-guck-Spiel spielen. Tat ich allerdings nicht in unzähligen Wiederholungen, was er wollte, warf er die Sirene an oder schlug mir monoton mit seinen Speckhändchen auf dem Kopf herum. Die Anstrengung ließ seine Pausbäckchen ganz rosa werden. Dabei sah er unschlagbar niedlich aus.

Als Lenny ein wenig älter wurde, führten seine Eltern Fluch- und Naschtage ein. Astrid kommt aus Schweden. Dort ist es Brauch, nur samstags Süßigkeiten zu essen. Das nennt sich »Lördagsgodis« und wurde in Schweden irgendwann nach dem Zweiten Weltkrieg eingeführt, weil es ein großes Problem mit Karies unter der Bevölkerung gab. An den Fluch-Tagen durfte Lenny schimpfen und dabei Wörter verwenden, die an allen anderen Tagen unter die Kategorie »Das sagt man nicht« fielen.

Ich gebe zu, dass ich bei beiden Regelungen regelmäßig versagt habe. Einmal sind Astrid und ich mit Lenny und zwei weiteren Kindern zum Abenteuerspielplatz gefahren. Ich saß am Steuer. Ein Fehler, weil gerade kein Fluch-Tag war. Nachdem Astrid versucht hatte, mich zu mäßigen, hatte ich zu allem Überfluss auch noch einen Klugscheißer-Anfall: »Ach, Scheiße, Fluchen ist gesund, macht leistungsfähiger und lässt uns Schmerzen besser aushalten. Das ist wissenschaftlich erwiesen.«

Lenny hatte zugehört und Astrid warf mir einen Blick der Verachtung zu, als er später nachplapperte, dass »Scheiße kissenschlachtlich erwiesen sei.« Na ja, nicht so ganz, und den Mittelteil ausgelassen, aber trotzdem: »Guter Versuch, Patensohn!«

Die folgende Begebenheit beweist, dass Lenny mich als Inspiration für seine Kapriolen jedoch gar nicht brauchte. Tagelang hatte Astrid ihren Sohn gebeten, endlich seine Sachen zumindest so wegzuräumen, dass der Fußboden wieder zu sehen sei. Ohne Erfolg. Irgendwann schickte sie ihn in sein Zimmer und drohte entnervt: »Wenn du jetzt nicht endlich aufräumst, kommen die Müllmänner. Die ganzen teuren Spielzeuge, dein CD-Spieler, deine Inliner, deine Bilderbücher und deine Ritterburg kommen in ein paar große blaue Müllsäcke. Und dann werfe ich alles weg.« Nach einer Viertelstunde kam Lenny mit zwei Matchbox-Autos aus dem Zimmer und gab bekannt: »Den Rest kannst du wegschmeißen, Mama!«

Als Lenny fünf Jahre alt war, fuhr er mit seinen Eltern nach Baltrum. Die Insel präsentiert sich autofrei, weshalb die Familie zur Fortbewegung Fahrräder auslieh. Als die Räder wieder abgegeben wurden, protestierte Lenny und wollte sein buntes Kinderfahrrad nicht mehr hergeben, was Marco dazu veranlasste, ihm das Prinzip eines Verleihs zu erklären.

Ein paar Tage später saß ich bei Astrid und Marco im Garten bei einer Tasse Kaffee und beobachtete das geschäftige Treiben des Kleinen. Er lief durch den Garten und sammelte Schnecken ein, die er auf dem Randstein der Terrassenbegrenzung aufreihte. Sauber und ordentlich. Sortiert nach »mit Haus« und »ohne Haus«.

Selbstverständlich wusste ich auch da schon, dass mein Patensohn der schönste, beste und intelligenteste kleine Junge der Welt war. Deshalb war ich sicher, dass etwas Bedeutendes hinter der Schneckenkolonne stecken müsse. Auf meine Frage eröffnete Lenny mir, dass ich die Möglichkeit hätte, eine Schnecke auszuleihen. In der Ausführung mit Immobilie oder ohne. Dafür sollte ich ihm einen Dauerlutscher geben. Zudem ließ er mich wissen, dass ich nicht quengeln dürfe, wenn ich die Leih-Schnecke zurückgeben müsse. »Und

nicht kaputt machen. Sonst musst du mir sechs Dauerlutscher und ein Wassereis zu zehn geben.«

Mein Patenkind hat im Alter von fünf Jahren ein
Unternehmen gegründet. Ohne staatliche Fördermittel.
Ohne jegliche Investitionen. Umsatz gleich Erlös. 100 %
Reingewinn. Das soll ihm erst mal einer nachmachen.

Nachschlag 1

Astrid: »Die Birgit (Lennys Kindergärtnerin) hat mir
erzählt, dass du deine kleine Freundin Nele heiraten
möchtest.«

Lenny: »Nö.«

Astrid: »Möchtest du nicht?«

Lenny: »Ich möchte dich bitte heiraten, Mama.«

Astrid: »Das geht nicht, mein Bärchen.«

Lenny: »Aber ich habe doch ‚bitte' gesagt!«

Nachschlag 2

Ich war sehr krank und musste lange im Kranken-
haus bleiben. Eigentlich wollte ich nicht, dass der
Kleine mich in diesem Zustand sieht, aber Lenny

bestand darauf, mich zu besuchen. Erst war er ungestüm, merkte aber schnell, dass es mir schlecht ging. Er kletterte aufs Bett und tat etwas, worüber wir auch danach noch oft sprachen. Der Knirps summte mir etwas vor und versuchte tatsächlich, mich in seinen Ärmchen zu wiegen. Das war etwas, was seine Eltern und auch ich immer gemacht hatten, um ihn zu trösten und ihm das Gefühl zu geben, dass er nicht alleine ist. Lennys Papa lief ein Tränchen über die Wange, und auch allen anderen im Raum war klar, dass Lenny das Wichtigste im Leben bereits gelernt hatte: Mitgefühl.

An Lenny

»Du bist mein Patenclown, meine Nervensäge und mein persönlicher Sachverständiger im Bereich Telekommunikation, soziale Medien und Vegetarismus, Lenny. Benimm dich, sonst sagen wieder alle: Das hat er von seiner bekloppten Patentante! Und jetzt geh dir mal ordentlich die Zähne putzen, du Opfer!«

Der Untergang des Westens

Das Telefon klingelt. Eigentlich will ich nicht abheben. Ich will niemanden sprechen. In die Badewanne und dann so schnell wie möglich auf die Couch. Das ist mein Plan. Ich hebe ab. Meine Mutter. Das kann dauern. Verdammt. Überraschenderweise hält sie die Konversation kurz und knapp: »Der Westen geht unter. Wir haben zu tun. Wir treffen uns beim Frickel in einer halben Stunde. Und zieh Gummistiefel an.«

Wie bitte?

Plötzlich planlos und genervt tausche ich den Bademantel gegen Straßenkleidung, schnappe mir die Autoschlüssel und fahre zu Gisbert Frickel, dem Haus- und Hoflieferanten für Elektro- und Haushaltsgeräte im Dorfkern unseres Vororts. Allerdings kann ich mir beim besten Willen nicht vorstellen, was ich bei dem in Gummistiefeln soll. Und welcher Westen geht unter? Die westliche Welt, der wilde Westen?

Meine Mutter wartet schon vor dem Eingang. Ohne weiteres Wort drückt sie mir einen Schmatzer auf und ruft energisch: »Dann wollen wir mal!«

Auweia, meine Mutter ist im Angriffsmodus. Ich mutmaße, dass der Frickel ihr versehentlich einen defekten Toaster verkauft hat, und sie ihm unter Zeugen jetzt verbranntes Weißbrot unter die Nase halten will.

Mutter reklamiert gerne, und auch außerhalb jeder Gewährleistungsfrist. Es ist nicht übertrieben, wenn ich behaupte, dass sie im Schadensfall auch ein Butterfass an dessen Erfinder Benjamin Georg Preßler zurückgeben würde, wenn der nicht schon 1814 gestorben wäre.

Ich irre mich. Ich beobachte, wie sich das entschlossene Gesicht meiner Mutter direkt vor die Hängebäckchen des Händlers schiebt. Wenn jetzt beide blinzeln, berühren sich ihre Wimpern.

Nach einem irritierten »Was kann ich für Sie tun, meine Liebe?« höre ich vom Frickel erst einmal nichts mehr. Meine Mutter allerdings klingt wie eine entsicherte Kalaschnikow: »Dass die Menschen jetzt unsere Hilfe brauchen, ist doch klar, oder?«

»Bestimmt willst du vermeiden, dass wir alle demnächst nur noch im Computer bestellen, oder?«

»Du möchtest doch, dass die Gemeinde dich auch weiterhin nicht nur für einen ehrlichen Geschäftsmann, sondern auch für einen guten Menschen hält, oder?«

»Unter diesen Umständen packst du doch jetzt richtig gerne alle deine Ausstellungsstücke zusammen, oder?«

Diese »oder?« am Satzende machen den Frickel fertig. Meine Mutter weiß das.

Er versucht es trotzdem: »Dann ist ja mein Schaufenster leer!« Meine Mutter grinst. Sie weiß: Noch ein »oder?«, und sie triumphiert. »Und die Lieferung musst du auch noch organisieren. Ist für dich doch kein Problem, mein Lieber, oder?«

Nach der frickelschen Kapitulation, die ihn zusätzlich noch zwei Kaffeemaschinen kostet, weil er unter den gegebenen Umständen ein besonders guter Mensch sein will, geht meine Mutter schnurstracks in den Drogeriemarkt nebenan. Keine zehn Minuten später wechseln kiloweise Waschpulver und jede Menge Windeln und Babynahrung vom Verkaufsregal in unseren Kofferraum. Ich frage besser erst gar nicht, wie sie das jetzt wieder hingekriegt hat. Im Auto warte ich angeschnallt auf neue Befehle. Nachdem meine Mutter mich in die westlichen Vororte Dortmunds dirigiert hat, klärt sich auch endlich die Notwendigkeit der Gummistiefel. Dort ist nämlich vor zwei Tagen die Emscher über die Ufer getreten und hat sich als Sturzflut über Land und Leute ergossen. Wir steigen aus und gehen mit Papier und Stift von Tür zu Tür, um die Anwohner zu fragen, wessen Waschmaschine die Flut aus dem Keller geschwemmt hat.

Ein älterer Herr sitzt im Vorgarten seines Zechenhäuschens und weint. Die Tränen laufen ihm über die Wangen, sammeln sich am Kinn und fallen dann auf das, was die Flut übriggelassen hat. Meine Mutter sagt nichts, setzt sich zu ihm und legt ihre Hand auf seinen Arm. Schweigen. Ich stehe blöd mit meinem Block in der Gegend herum.

Der Mann schnieft und murmelt leise: »Es ist albern. Es gibt Schlimmeres ...« Seine Frau Maria taucht im Türrahmen auf und stellt uns ihren Mann Hugo vor. Wir erfahren, dass ihr kleines Zechenhaus bis zum ersten Stock unter Wasser gestanden hat, und neben der halben Wohnungseinrichtung auch die im Keller aufgebaute Modelleisenbahn komplett zerstört wurde. Seit Jahrzehnten hatte Hugo daran gearbeitet. Das Schienennetz immer wieder neu verlegt. Bahnhöfe, Figuren, Häuser und Bäume sorgsam platziert und Bahnübergänge und Andreaskreuze mit viel Liebe zum Detail bemalt. Alles futsch. Meine Mutter versucht zu trösten, aber Hugo ist an diesem Tag einfach untröstlich.

Die Waschmaschinen werden verteilt, das Schaufenster vom Frickel wird neu bestückt und die

112

Spendenbescheinigung für den Drogeriemarkt ist organisiert. Alles erledigt. Nicht für meine Mutter.

Ein paar Wochen später klingelt das Telefon. Eigentlich will ich nicht ... Ich hebe ab. Verdammt. Diesmal soll ich sie abholen. Sofort, ohne Gummistiefel. Typisch. Ein Marschbefehl ohne Erklärung. »Du sagst doch nicht nein zu deiner Mutter, oder?«

Genervt fahre ich zehn Minuten später bei ihr vor. Sie wartet schon mit nachbarschaftlicher Gesellschaft im Schlepptau. Keine großen Worte, Schmatzer, und die Nachbarn klappen die Rückbank um und beladen meinen Wagen. Schlagartig wird mir klar, worum es geht. Ich sehe, was in den Wäschekörben, Kartons und Boxen verstaut ist. Mutter sitzt schon im Auto und hat einen kleineren hellblauen Karton auf dem Schoß.

Maria weiß Bescheid, aber für Hugo sind wir eine Überraschung. Er ist trotzdem vor dem Klingeln an der Tür, und kaum drei Minuten später haben wir den ersten Wacholderschnaps intus. Das kann ja heiter werden. Wir besichtigen den Fortschritt der Renovierungsarbeiten. Vieles fehlt und manches ist noch unerledigt, zwei der Kellerräume sind jedoch schon wieder hergestellt, aber gespenstisch leer. Hier entschuldigt Hugo sich verlegen für seine Tränen wegen der Märklin. Er habe sich angesichts der Gesamtsituation der Menschen in seinem Viertel nicht so kindisch aufführen wollen. Aber es wäre halt seine große Leidenschaft gewesen. »... So viel Zeit und Arbeit über so viele Jahre ... und Lokführer werde ich wohl auch nicht mehr werden.«

Vor lauter Verlegenheit kippt er gleich noch einen Schnaps runter und teilt uns dann mit, dass Maria jetzt hier unten einen Yoga-Raum einrichten will. Er habe ja alles versucht, um sich damit anzufreunden, aber er kann sich einfach nicht vorstellen, dass die Verbiegerei tatsächlich gesund sein soll. Ich muss schmunzeln, als er in breitem Ruhrgebietsslang seine Meinung darüber kundtut: »Der moderne Kram, in unserem Alter. Der Sonnengruß, der Baum, der Hund, die Kobra. Ich war Berchmann und kein Biologe. Wenn ich die Sonne grüßen will, mach ich dat Fenster auf und sach ‚Guten Tach‘. Ich bin ja schon froh, wenn ich die Pantoffeln unfallfrei über de Füße kriech.« Und dann dat Meditieren. Was der Quatsch denn wohl soll, fragt sich Hugo ohne Elan. »Sons meckertse immer, dat ich die Zähne nich auseinander kriech. Und jetzt soll ich plötzlich auf Befehl kein Ton mehr sagen. Die weiß au nich, wat se will.«

Wir sind inzwischen wieder oben angekommen und Maria hat Kaffee und Mohnkuchen für uns vorbereitet. Wir schließen die Küchentür, damit die Kinder und Enkelkinder der beiden heimlich unser Auto über die Kohlenrutsche in den Keller entladen können. Hugo merkt nichts, was wahrscheinlich auch an einigen weiteren Schnäpsen und dem zusätzlich hervorgeholten Eierlikör liegt.

Dann ist es soweit. Wir bitten Hugo unter einem Vorwand noch einmal in den Keller. Dort hat die Verwandtschaft inzwischen, so gut es geht, die zusammengespendete H0-Modelleisenbahn zusammengebaut. Meine Mutter überreicht dem völlig entgeisterten Hugo den hellblauen Karton mit der Märklin-Lokomotive und Maria lacht verschmitzt: »Ich und meditieren. Bisse bekloppt? Wie soll dat denn gehen!«

Hugo weint. Diesmal nicht verlegen und still. Diesmal laut und glücklich. Und dann weinen wir alle. Und lachen. Laut und glücklich. Meine Mutter hakt sich bei mir unter und flüstert: »Ans Telefon zu gehen, wenn man keine Lust hat und man die lästige Nervensäge Mama am liebsten auf den Mond schießen würde, ist manchmal gar nicht so schlecht, oder?«

Tja, sie war meine Mutter. Wir kannten uns ziemlich lange, und sie mich offenbar besser als ich mich selbst.

Chancen

Ich bin ein bisschen in das Unmögliche verliebt.

Ich will ihm eine Chance geben.

Auch, wenn ich das möglicherweise bedauern werde.

Dass das Unmögliche immer gut für eine Enttäuschung ist, liegt daran, dass ihm nur sehr selten etwas zugetraut wird. Es hat einfach über die Jahre kein Selbstbewusstsein entwickeln können.

Kein Wunder. Wenn niemand es wirklich ernst nimmt.

Aber ich bin da. Ich glaube an das Unmögliche.

Auch, wenn ich die Einzige bin.

Ich möchte dem Unmöglichen die Möglichkeit geben, sein Dasein zu ändern.

Vielleicht bedankt es sich und ändert daraufhin mein Leben.

Wäre möglich.

»Ich würde gerne Ihr Freund sein (…) Ich weiß, dass es so gut wie unmöglich ist. Was soll ich dazu sagen? Manchmal will man eben das Unmögliche.«[1]

Tom Hanks in der Rolle als Joe Fox aus dem Film: »E-M@il für Dich«

1 E-M@il für Dich (You've got Mail) USA 1998, Donner, Warner (Regie Nora Ephron, Buch Delia Ephron, nach dem Film »The Shop around the Corner«, USA 1940, Regie: Ernst Lubitsch, Buch Samson Raphaelson, nach dem Stück »Illatszertar« von Nikolaus Laszlo), Zitat von Tom Hanks in der Rolle als Joe Fox
Zitiert nach: Kordt, Peter: Ich seh dir in die Augen, Kleines. Verlag Schwarzkopf & Schwarzkopf, Berlin 2004, aktualisierte, erweiterte Neuauflage 2004, Seite 186

Durchmarsch im Baumarkt

Ich habe eine Leidenschaft für Baumärkte und Möbelgeschäfte.

Für mich ist ein Besuch im Heimwerkermarkt wie ein Nachmittag im Kino oder eine Stunde auf der Parkbank. Zur Unterhaltung besuche ich die Demonstration des neuen Winkelschleifers oder besichtige Schmirgelpapier in verschiedenen Stärken. Ich liebe das Sommerprogramm bei Kauf & Schraub. Da sind der Vortrag »Der Vorschlaghammer im ökologischen Zeitenwandel« und die Vorführung »Anwendung eines mechanischen Flansch Spreizers« dran.

Meinen Stammbaumarkt kann ich allerdings seit einer Woche nicht mehr besuchen. Grund dafür ist der letzte Samstag.

Ich hatte mir vorgenommen, einen schönen Nachmittag zwischen den Teppichrollen und der Abteilung Wandfarben & Lacke zu verbringen. Nach dem Mittagessen, einer ordentlichen Portion Chili, fuhr ich aufgeregt zum Markt. Kaum hatte ich die

Schiebetüren am Eingang passiert, umgab mich der betörende Geruch von Lösungsmitteln. Hier bin ich Mensch, hier darf ich's sein. Zumindest während der Ladenöffnungszeiten.

Ich habe schon oft mit dem Gedanken gespielt, mich über Nacht einsperren zu lassen. Ich könnte mich in der Sanitärabteilung oder zwischen den Zimmertüren verstecken, bis der Markt geschlossen wird. Ganz allein herrsche ich dann über mein Schrauben-Reich. Ich fülle eine der freistehenden Whirl-Wannen bis zum Rand mit Gummipuffern und Unterlegscheiben und nehme ein rostfreies Bad. Andere träumen davon, einmal bei Gucci oder im Bonbonladen vergessen zu werden. Ich wünsche mir, für eine Nacht die Königin der Abstandhalter und Kreissägen zu sein.

Wie immer ging ich zuerst durch die Holzabteilung, um zu sehen, ob es neue Formate oder vielleicht sogar Beschichtungen gab, die ich noch nicht kannte. Ich liebe den Geruch der frisch gehobelten Späne im Zuschnitt.

Ich könnte auch im Wald spazieren gehen. Aber dort fehlt mir die Unterteilung in Produktgruppen. Zwischen dem wilden Gehölz findet man ja nichts wieder. Laub, Pilze und Moos halten sich an keinerlei Regeln. Und wenn dann auch noch der nicht katalogisierte Kastanienbaum ohne Artikelnummer seine

Früchte abwirft ... irritierend. Die Natur hat was erschreckend Chaotisches.

Ich roch an den Rahmenhölzern und schlenderte weiter zu den Fliesen und Bodenbelägen. Erfreut stellte ich fest, dass neue Farbtöne und Dekore bei den Feinsteinfliesen zur Auswahl standen. Baustoffe mochte ich schon allein wegen ihrer brachialen Erscheinung. Die großen schweren Säcke, aus denen ganze Straßenzüge entstehen, sind im wahrsten Sinne des Wortes die Grundpfeiler des Bauwesens. Zement, Beton, Ziegel und Klinker sind seit Eröffnung des Marktes meine Helden aus dem achten Hochregal.

Nachdem ich auch noch bei den Haushaltswaren vorbeigeschaut hatte, war es Zeit für einen Snack. Danach sollte mein Ausflug bei Farben und Tapeten langsam ausklingen.

Ich ging in die Gartenabteilung und nahm auf der Garnitur »Pomadinello de Maison« aus Akazienholz am Picknicktisch »Erdmännchen« Platz. Leider gab es noch keinen Bratwurststand wie in anderen Vergnügungsparks. Daher hatte ich mir ein Thunfisch-Sandwich und eine Cola mitgebracht. Eine Gruppe Angestellter, unschwer an den blauen Latzhosen mit dem weißen Logo in Form einer Rohrzange zu erkennen, lief zügig an mir vorbei. Ein außergewöhnlicher Anblick. So, als hätte man im offenen Ozean einen Schwarm seltener Fische entdeckt. Schon das

Auftauchen eines einzelnen Exemplars kann man mit Fug und Recht als Rarität bezeichnen. Obwohl die Spezies des »blauen Latzhösers« in diesen Räumlichkeiten beheimatet ist, zeigt sie sich scheu und nimmt regelmäßig reflexartig Reißaus, insbesondere, wenn eine Kontaktaufnahme angenommen wird. Wahrscheinlich war ich gerade Zeugin deren geheim gehaltenen Weges zur Futterstelle geworden. Allein aufgrund dieser bemerkenswerten Begegnung hatte sich mein Besuch an diesem Samstagnachmittag mehr als gelohnt.

Ich war fertig mit der Brotzeit, schaute mich noch ein wenig bei den Zimmerpflanzen um und spazierte dann zu den Wandfarben. Schon auf dem Weg dorthin hatte der Thunfisch sich in meiner unteren Etage breit gemacht, und auch das Chili vom Mittag meldete dringenden Gesprächsbedarf an. Ich stellte fest, dass die einzige Sache, die ich über den Markt nicht wusste, war, wo sich die Besuchertoiletten befinden. Ich sah mich nach Hinweisschildern um. Nichts.

Es bildeten sich langsam Schweißtropfen auf meiner Stirn und im Nacken. Meine Birne färbte sich in Tönen des roten Farbfächers vor mir. Feuertanz, rote Poesie und Drachenblut. Ich stand da, überkreuzte die Beine, stemmte die Hände in die Hüften und sah aus wie Bruce Darnell, der einen Werbevertrag für Dispersionsfarbe unterschrieben hat.

Mit dem Lacktester Mokkabraun in der Hand ging ich meine Möglichkeiten durch. Könnte ich unbemerkt an der Kasse vorbei schleichen und mich auf dem Parkplatz erleichtern? Könnte ich im Außenbereich der Abteilung für Stauden und staudenartige Gewächse unauffällig in die Hocke gehen?

Ich überdachte kurz, welche Vorzüge ein Waldspaziergang als Freizeitvergnügen haben könnte, und machte mich dann mit der Beweglichkeit eines Brennholzscheits auf den Weg in die gegenüberliegende Regalreihe. Ich entschied mich für das spülrandlose Stand-WC in cremeweiß auf der Angebotspalette für reduzierte Ware.

Und darum muss ich auf Ausflüge in meinen Stammbaumarkt bis auf Weiteres verzichten. Hausverbot! Das ist sehr ärgerlich. Weil ich in der Woche davor schon bei Ikea aus dem Bällebad im Småland geflogen bin.

Wenn das mit den Hausverboten so weitergeht, denke ich doch noch einmal über einen Ausflug in die Natur nach. Ich könnte ja langsam anfangen. Ein Sägewerk vielleicht.

Lass ihn laufen

Ich spiele Chauffeur für meine Mutter. Sie muss mal wieder irgendwohin, um irgendwas zu erledigen. Unterwegs wird sie plötzlich hektisch und deutet auf einen Jogger, neben dem ich im Schritttempo herfahren soll.

Sie lässt das Fenster herunter und erklärt dem Mann, dass das Laufen auf Asphalt ganz schlecht für den Rücken sei, und er die falschen Schuhe trage. Einem völlig fremden Mann, der einfach nur ein bisschen durch die Gegend laufen will.

Im Namen der guten Sache kennt meine Mutter nichts, was nicht erlaubt wäre. Auch, wenn ihr ständiges Bedürfnis nach praktizierter Nächstenliebe ihrem Umfeld bisweilen den letzten Nerv raubt. Der Läufer guckt ein paar Mal verstört zur Seite, läuft aber weiter. Meine Mutter hat den längeren Atem.

»Sie schädigen nachhaltig Ihre Wirbelsäule. Wenn Sie laufen, sollten Sie das auf weicherem Boden tun. In der Nähe des Westfalenparks gibt es eine Laufstrecke, die optimal geeignet ist. Und Ihre Schuhe müssen Sie auch austauschen. Darin stimmt Ihre

Fußstellung nicht. Wissen Sie eigentlich, dass Sie die Physiognomie eines Balletttänzers haben …«.

Ich wusste, es ist zwecklos, dennoch versuchte ich mein Bestes: »Mama, bitte lass den Mann in Ruhe. Der will doch nur einen Dauerlauf machen.«

»Sie können nicht richtig abrollen …«

Und dann wird's richtig peinlich.

Meine Mutter streckt ihr Bein aus dem Beifahrerfenster, um dem Läufer ihre fußgerechten Turnschuhe zu zeigen. Das Ganze sieht jetzt stark nach einer fahrenden gynäkologischen Praxis mit einem sportlichen Frauenarzt aus, der einen kreativen Weg gefunden hat, Hobby und Beruf unter einen Hut zu bekommen.

Ich überlege kurz, ob ich einfach Gas geben soll. Illusorisch. Ist mit meiner Mutter nicht zu machen. Das würde in wilden Wendemanövern enden. Also wünsche ich mir, dass der Fahrersitz durch das Bodenblech bricht und ich vom linken Hinterrad überrollt werde. Meine Mutter redet derweil ohne Unterlass weiter auf den Mann ein und prognostiziert in düsteren Szenarien den sich bald einstellenden Verfall seiner Rückenmuskulatur, wenn er nicht anfängt, über die Freiheit seiner Zehen nachzudenken. Irgendwann bleibt der Jogger genervt stehen und fragt gereizt: »Was wollen Sie eigentlich von mir?«

Vorbei an dem von ihr empfohlenen Sportschuh, der immer noch aus dem Fenster baumelt, sagt meine Mutter schlicht: »Ich bin hier, um Sie zu retten.«

»Haben Sie noch alle Tassen im Schrank? Gehen Sie zum Arzt.«

»Wir wollen doch nur behilflich sein.«

Wir?

»Ich brauche keine Hilfe.«

»Das sehen wir anders.«

Warum zieht sie mich denn jetzt mit rein?

»Verpfeift euch!«

»Das können wir nicht.«

Doch, können wir, Mama. Ich müsste einfach nur weiterfahren.

»Haut ab, macht euch weg, verpisst euch.«

Noch nicht deutlich genug für dich, Mutter?

»Auf Asphalt laufen und zu enge Unterhosen machen unfruchtbar. Sie wollen doch nicht impotent werden, nur weil Sie es nicht schaffen, mir Recht zu geben, oder?«

Das verschlug dem Jogger die Sprache. Für einen kurzen Moment glaubte meine Mutter, trotz ihrer offensichtlichen Lüge bezüglich der Zeugungsfähigkeit des Sportlers, schlüssig argumentiert zu haben. Genau bis zu dem Zeitpunkt, als der Läufer wie ein Berserker auf meinen rechten Kotflügel eintrat, der Seitenspiegel quer über die Motorhaube flog und der potentiell sterile Jogger in die andere Richtung humpelte und am Horizont verschwand. Ich schnaufte zweimal, stieg aus, sammelte den Spiegel ein und setzte mich wieder neben meine Mutter, die endlich wieder mit beiden Beinen im Auto saß.

»Und, Mama, hat das jetzt irgendwas gebracht?«

»Ist doch gar nicht so schlecht gelaufen. Sein Schuh hat den Angriff auf dein Auto nicht überlebt. Jetzt muss er sich neue Laufschuhe kaufen.«

Ich muss in die Werkstatt, um mir den Kotflügel ausbeulen zu lassen, meine Mutter hat sich beschimpfen lassen und einen Dauerläufer in einen Wutanfall gequatscht, aber die Mission, die Rettung eines wildfremden Steißbeins vor dem sicheren Zusammenbruch, wurde erfüllt. Glückwunsch, Mama.

Und auch ich hatte meine Lektionen gelernt.

Erstens: Nächstenliebe kann in der Autowerkstatt enden.

Zweitens: Notlügen sind erlaubt, wenn es um Impotenz oder Männerunterwäsche geht.

Epilog

Durch puren Zufall erfuhren wir später, dass der Jogger die Attacke auf mein Auto mit einem gebrochenen Sprunggelenk bezahlte, und sechs Wochen lang einen Gips tragen musste. Die Natur der Sache verlangte, dass er nicht joggen konnte, was meine Mutter als ein zufriedenstellendes Gesamtergebnis wertete, weil er in dieser Zeit seiner Wirbelsäule nicht schaden konnte.

Macht Sinn, macht echt Sinn.

Wie wäre es mit einem Sack voller Walnüsse, Mama?

Personenkult

Meinen Eltern war jeglicher Personenkult zuwider. Das lag zum einen an der Geschichte Deutschlands, zum anderen an der Einstellung: »Der geht auch nur aufs Klo!« Hämorrhoiden unterscheiden schließlich auch nicht zwischen Superstar und Suppenkasper. Denen ist total egal, wem sie in den Arsch kriechen.

Eine weit verbreitete Ansicht bei uns im Ruhrgebiet. Heldenverehrung? »Nö, so 'nen Kokolores muss nicht sein!« Wenn dann doch mal einer wegen eines schwarz-gelben Fußballspielers übertreibt, hört man irgendwann: »Getz mach ma nich den Hermann.« Bis heute weiß kein Mensch, wer dieser Hermann eigentlich sein soll, dennoch weiß jeder, was gemeint ist.

Wir holen uns schon auch Autogramme, wenn Prominente in der Stadt sind. Aber wir legen Wert auf eine neutrale Widmung. Wenn da nämlich »Für Helmut« oder »Für Vanessa« draufsteht, grenzt das den Käuferkreis bei Ebay zu sehr ein.

Es ist auch nicht so, dass unterhaltsame oder sportliche Leistungen nicht anerkannt werden. Wir wissen zu feiern, zu applaudieren, zu lachen und zu grölen, aber am nächsten Tag steht die Kirche wieder im Dorf.

Ich kann nachvollziehen, warum meine Eltern nicht wollten, dass ihre Kinder Fan von irgendwem werden. Sie wollten verhindern, dass wir jemanden anhimmeln oder alles kritiklos toll finden, nur weil derjenige als prominent galt. Wenn wir etwas gut fanden, sollte sich das auf die sportliche Leistung, die Musik oder das Buch beziehen, und nicht auf die Person.

Meine Eltern handelten vorausschauend und hatten Recht.

Es stellte sich heraus, dass einige prominente Menschen, die durchaus Hervorragendes geleistet haben, letztendlich nicht die waren, für die man sie hielt. Und in dem Bereich ist der Erkenntnisgewinn erschreckenderweise noch lange nicht abgeschlossen.

Schnapp und Schuss

Preis-Leistungs-Verhältnis

Kundin: »Ich brauche ein Passbild für die Bahncard.«

Fotograf: »Okay. Da haben wir zwei Varianten. Diese hier, vier Stück kosten 18,50 EURO. Und diese hier, vier Stück kosten 34,50 EURO.«

Kundin: »Und was ist da der Unterschied?«

Fotograf: »Die für 34,50 sind teurer.«

Hundstage

Kunde: »Ich hätte gerne ein Porträtfoto von meinem Dalmatiner.«

Fotograf: »In Schwarz-Weiß?«

Ganz natürlich

Kundin: »Ich würde gerne ein paar schöne, professionelle Schwarz-Weiß-Fotos von mir machen lassen.«

Fotograf: »Kein Problem. Sollen das erotischen Aufnahmen werden?«

Kundin: »Ja, aber es soll auf keinen Fall alles zu sehen sein.«

Fotograf: »Kein Problem. Hängetitten kann ich wegretuschieren. Was darf's denn sein, Pamela, Heidi oder die Bardot? Neulich hatte ich eine Kundin, die wollte, dass ich ihr den Lopez-Arsch hinten dranzimmere. Kein Problem. Kann ich alles nachbearbeiten. Berechne ich nach Aufwand.«

Kundin: »Ich möchte aber ganz natürlich aussehen.«

Fotograf: »Okay, dann also mehr so was wie die Merkel.«

Kundin: »Nee, ich will auf dem Foto aussehen, wie ich tatsächlich aussehe.«

Fotograf: »Oh, das hatte ich lange nicht.«

Freiheit

Ich bin abhängig. Alles richtet sich nach der Sucht. Ich kann das leugnen, schönreden oder herunterspielen. Unterm Strich habe ich meine Freiheit für ein paar Lucky Strike aufgegeben. Mein ganzes Leben dreht sich um ein qualmendes Tabakstäbchen. Ständig heißt es: »Warte, noch eben eine rauchen.« oder »Nee, das mach ich nicht. Da kann man nicht rauchen.«

Im Hotel laufe ich nachts im Bademantel durch die Lobby. Im Flugzeug habe ich schon auf der Toilette geraucht und dafür Strafe gezahlt. Im Theater bin ich nach der Pause zum zweiten Akt nicht wieder in den Saal gekommen, weil ich noch eben aufrauchen wollte. Im Zug steige ich an einer Zwischenstation aus, um den Halt von dreißig Sekunden für drei Inhalationen an der Kippe zu nutzen.

Egal, was ich tue. Ich bin immer zuallererst süchtig. Meine Gesundheit geht vor die Hunde. Ich mache weiter, als wenn mir das egal wäre.

Ich muss meine Wäsche nicht waschen, weil sie schmutzig ist, sondern weil sie riecht wie die Überreste eines verbrannten Hauses. Ich muss unnötig oft renovieren, weil Tapeten, Türrahmen und Türen, egal, wie sie gestrichen waren, irgendwann nikotingelb sind. Das Zeug klebt überall, an Lampen, Bildern, Möbeln. Im Winter muss ich oft lüften, verballere dabei Energie und treibe meine Heizkosten in die Höhe. Und das sind nur ein paar der Nebenkosten.

Zigaretten sind teuer, sehr teuer. Ich höre nicht auf, selbst wenn sie den Preis verdoppeln. Ich bin nicht gut im Geld ausgeben. Ich brauche wenig und denke nicht ständig darüber nach, was ich noch kaufen könnte. Bis auf diese eine Sache. Da überlege ich ständig, wie und wo ich mein Geld loswerden kann, um an Zigaretten zu kommen. Ich löse ein Vermögen in Luft auf.

Bevor ich verreise, recherchiere ich gründlich, wie das Land mit Rauchern umgeht. Ob das Hotel eine Raucherlounge hat und ob im Mietfahrzeug ein Aschenbecher vorhanden ist.

Ich stehe in diesem Aquarium am Flughafen und lasse mich von Nichtrauchern begaffen. Während ich das schreibe, weiß ich, dass es nicht stimmt. Ich habe nur das Gefühl, dass ich beobachtet oder belächelt werde.

In meinem neuen Auto sollte nicht geraucht werden. Hat drei Stunden gedauert, dann wollte ich nicht mehr an den Rand fahren. Die Sitzpolster sind inzwischen angegilbt. Überall fliegt Asche herum.

Es macht mir Angst, mir vor Augen zu führen, was ich alles tun würde, für den Fall, dass die Zigaretten ausgehen. Es kommt Hektik auf, wenn nur noch ein paar Kippen in der Schachtel sind. Ständig denke ich daran, dass ich für Nachschub sorgen muss. Ich weiß nicht, was ich tun würde, sollte die Schiebetür der Tankstelle nach 22.00 Uhr vor mir verschlossen bleiben. Zigarettenautomaten sind rar geworden.

Überall sind Feuerzeuge deponiert. Im Auto, in meinem Rucksack, auf dem Couchtisch. Bloß nicht das Risiko eingehen, kein Feuer zu haben.

In meinem Freundeskreis werde ich als Raucherin wahrgenommen. Die, auf die sie vor dem Kino warten müssen. Die, die die Unterhaltung unterbricht, um sich frierend vor die Tür des Restaurants zu stellen. Ich bin die mit der Kippe. Sie meinen es gut, wenn sie mir den Aschenbecher schon mal auf die Terrasse stellen, bevor ich zu Besuch komme. Aber eigentlich führt mir das nur vor Augen, an was sie denken, wenn es um mich geht. Ich will das nicht. Ich will nicht so gesehen werden. Als die Abhängige, die Raucherin. Die, die es nicht mal einen Abend lang lassen kann. Die Süchtige.

Wenn mein Patenkind Lenny mich beschreiben soll, sagt er: »Du bist die Qualmelse.« Er meint es spaßig, aber es tut trotzdem weh. Ich werde nicht müde, ihm zu sagen, dass das, was ich mache, der größte Mist ist. Dass ich kein Vorbild bin, kein gutes Beispiel. Eine Süchtige, die nicht davon loskommt.

Niemand macht das freiwillig. Niemand raucht, weil es Spaß macht und entspannt. Rauchen entspannt nur so lange, wie der Nikotinpegel oben ist. Das ist längstens eine Stunde. Danach muss ich mir wieder eine ins Gesicht stecken. In der Stunde ohne Zigarette bin ich aber schon auf der Hälfte der Zeit nervös und denke an die nächste Kippe. Wenn ich dann die Möglichkeit hätte, würde ich früher wieder rauchen. »Und jetzt erst mal schön eine rauchen.« Rauchen macht nervös. Daran ist nichts schön. Ich verkaufe mir das als Entspannung. Was es wirklich ist, ist Sucht. Und die fordert ständig Aufmerksamkeit.

Das war meine Realität.

Es war bitter und hat mir Angst gemacht. Damit bin ich ewig lange rumgelaufen. Habe in Raucherecken gestanden und darüber nachgedacht. Trotz allem habe ich weiter geraucht. Bis zu dem Tag, an dem ich einen derart heftigen Hustenanfall bekam, dass mir die Luft ausging. Ich rang um Atem und spuckte Blut. Endlich war die Angst groß genug.

Die Entwöhnung war der reinste Horror. Erst habe ich versucht, die Menge zu reduzieren. Ging nicht. Dann habe ich es mit Nikotinpflaster versucht. Ging nicht. Schließlich habe ich mich für eine kanadische Entwöhnungskur entschieden. Eine mittelgroße Blockhütte mitten im Nirgendwo und keine Zigaretten im Umkreis von mindestens 350 Kilometern. Dort habe ich einen kalten Entzug gemacht. Von 30 Zigaretten auf 0. Anders war es nicht zu machen. Ich habe Nikotin ausgeschwitzt. Mir war schwindelig. Ich konnte nicht schlafen, nicht reden, nicht leben. Mir tat der Unterkiefer weh vom Kaugummi kauen. Ich habe Holz gehackt und stundenlange Wandertouren gemacht. Bin gerannt, habe geheult, gezittert, gefroren, geschwitzt und bin weitergelaufen. Ich konnte mich auf nichts konzentrieren, war aggressiv, dann traurig, dann wieder gereizt. Und die ganze Zeit über habe ich versucht auszurechnen, wie viele Zigaretten ich für die Kosten der Entziehungskur kaufen könnte.

Im Kopf bin ich Karussell gefahren. »So schlimm sind Zigaretten doch gar nicht. Ich könnte ein, zwei Stück am Tag rauchen, das wäre doch nicht so schlimm. Nur nach dem Essen. Oder vielleicht davor. Und am Wochenende vielleicht vier. Ich kaufe einfach die milderen Zigaretten. Die mit weniger Nikotin. Dann kann ich die doppelte Menge rauchen. Ich kauf mir eine E-Zigarette. Ich kauf mir eine Pfeife. Oder ich rauche eine Zigarre pro Woche, eine nur …«. So ging es immer weiter.

Nach achtzehn Tagen war die körperliche Abhängigkeit überwunden. Dann kam der schwierige Teil. Ich musste meine Gewohnheiten ändern. Die Guten-Morgen-Zigarette, die Gute-Nacht-Zigarette, die Kaffee-Zigarette, die Vor-dem-Essen-Zigarette, die Nach-dem-Essen-Zigarette und all die anderen Glimmstängel ohne besonderen Anlass.

Ich wusste anfangs nicht, was ich mit der Zeit, die ich normalerweise für alles, was mit dem Rauchen zusammenhängt, anfangen soll. Und es war 'ne Menge Zeit. Als ich wieder zu Hause war, bin ich auch nach Wochen noch wie auf Schienen zur Tankstelle gefahren, um Zigaretten zu kaufen. Ein paar Mal war es richtig knapp.

Bisher habe ich's geschafft. Ich rauche nicht mehr.

Aber die Grenze ist offen. Ich könnte sie jederzeit wieder überschreiten. Manchmal ertappe ich mich bei dem Gedanken, dass ich eine rauchen könnte, ohne gleich wieder süchtig zu werden. Aber dann fällt mir die Blockhütte ein. Dann geht's.

Heute fliege ich nach London. Es ist sehr früh am Morgen, kalt und nass. Ich sitze an meinem Klapprechner und kann durch die Fensterfront ein paar Raucher frierend im Regen stehen sehen. Ich würde gerne mit einem Regenschirm und einer warmen

Decke nach draußen gehen, weil ich genau weiß: Die machen das nicht freiwillig. Sie rauchen, weil sie nicht anders können.

Ich verhalte mich gesetzeskonform, aber ansonsten lasse ich mir von nichts und niemandem vorschreiben, wie ich zu leben habe. Schon gar nicht von einem bescheuerten, qualmenden Tabakstäbchen!

Deshalb muss ich das durchziehen.

Ich muss auch weiterhin schaffen, es zu lassen.

Unbedingt.

Ich will frei sein.

Erinnern und Vergessen

Ich fahre regelmäßig zum Seniorenstift nach Dortmund und spiele den Bewohnern auf dem Klavier ein paar Lieder vor. Mir steht dort ein wunderschöner Steinway-Flügel zur Verfügung. Dieses einmalige Musikinstrument ist der Einrichtung schon vor ein paar Jahren von einem verstorbenen Bewohner hinterlassen worden. Die Senioren können sich wünschen, was ich spielen soll. Für Herrn Schneider muss es immer »Hoch auf dem gelben Wagen« sein. Für Frau Borchard klimpere ich von Wencke Myhre: »Er hat ein knallrotes Gummiboot« und meine Freundin Helene wünscht sich Lieder von Tony Bennett oder Johnny Cash. Eine Win-win-Situation. Ich darf auf einem edlen Instrument musizieren, und die Senioren haben Spaß und singen bis zur Rückkopplung im Hörgerät mit.

Ich sehe gerne dabei zu, wenn die älteren Herrschaften sich durch die Musik wieder an schöne Zeiten in ihrem Leben erinnern. Damals, als es noch Brustbeutel gab und man auf der Straße Schlittschuh laufen konnte. Damals, als das weltweite Netz noch

»draußen« hieß und wir nach Hause gegangen sind, wenn die Laternen angingen. Damals als wir Erlebnisse erlebt, und nicht gebucht haben. Damals, als die Telefone Schnüre hatten, und die Frage: »Wo bist du gerade?« sich aus Mangel an Möglichkeiten erübrigte. Seinerzeit wusste man, wo das Telefon war. Nicht umgekehrt. Man saß neben dem Wandanschluss und sprach in einen Telefonhörer, der drei Kilogramm wog, und den man von einem Apparat mit Wählscheibe abnehmen musste, wenn es klingelte. Es gab nur einen einzigen schrillen Klingelton, und man saß auf einer Telefonbank. Ein Möbelstück, das eigens zum Zwecke des Telefonierens angeschafft und neben dem Anschluss im Flur platziert wurde.

Helene hat so eine Bank in ihrem Zimmer stehen. Bei ihrem Umzug ins Stift hat sie sich dafür entschieden, Möbel mitzunehmen, die heute nur noch wenige Leute verstehen oder zu schätzen wissen. Ihre alte Musiktruhe zum Beispiel oder das Nähkästchen, das trotz des verniedlichten Namens so groß ist, dass es auf vier Rädern umhergefahren wird. Weil Kleidungsstücke damals regelmäßig repariert und Socken gestopft wurden, benötigte man für eine Vielzahl von Utensilien ein Behältnis in entsprechender Größe.

Mir gefällt, dass Helene nicht jeden Quatsch mitmacht. Sie folgt keiner Mode und keinem Trend. Sie sieht aus, wie ein Fabelwesen aus einer anderen Welt. Stark und bunt geschminkt, mit jeder Menge Lippenstift, den sie sorgfältig auf die schmalen Lippen aufträgt. Dazu trägt sie »Gewänder«, die sonst niemand trägt. Großgemustert und bequem, aber in gewisser Weise doch divenhaft.

Ich kenne Helene schon mein Leben lang. Sie war die beste Freundin meiner Mutter und die Frau, die es wichtig fand, dass ich auf zwei Fingern pfeifen kann. Ich besuche Helene regelmäßig. Nach und nach habe ich auf diese Weise auch die anderen Bewohner des Stifts kennengelernt.

Jeden Tag hat Helene einen neuen Vornamen. Mit: »Ich heiße Ingrid.« hat sie mich zuletzt begrüßt. Erst dachte ich, sie möchte nach mehr als achtzig Jahren ab und an einfach jemand anders sein. Bis ich verstand, dass sie sich manchmal nicht mehr daran erinnern kann, dass sie Helene heißt.

Helene hat Humor und versucht, so gut es geht, diese Lücken mit Fantasie und Kreativität zu füllen. Sie weiß, wer sie ist, und genauso wie sie andere vergessene Dinge umschreibt, findet sie auch für sich selbst einen Weg, das Kind beim Namen zu nennen. Außerdem wird ihr schnell langweilig. Der Sinn eines Vornamens, den man lebenslänglich trägt, erscheint ihr unlogisch. Zumal ihr Vater seinerzeit auf die Geburt seiner Tochter ein paar Birne Helene zu viel

141

getrunken hatte und bei der Anmeldung des frisch geborenen Babys beim Amt dachte, er stünde immer noch am Tresen. Helene erzählt diese Geschichte immer wieder gerne und endet regelmäßig mit: »Nur gut, dass sie nicht Birne ins Stammbuch eingetragen haben.« Und dann lächelt sie spitzbübisch.

Helene bewegt sich zwischen Erinnern und Vergessen. Deshalb weiß sie auch, was mit ihr los ist. Es tut mitunter weh, wenn sie sich daran erinnert, was sie vergessen hat. Dabei ist ihr Gedächtnis schnell zu allerlei Schabernack aufgelegt. Manchmal hat sie Angst, dass es schleichend immer schlimmer wird und sie ihre Selbstständigkeit vollkommen verliert. Wenn ich versuche, ihr diese Angst zu nehmen, komme ich mir manchmal regelrecht verlogen vor. Weil ich eigentlich weiß, dass es passieren wird. Alles verschwimmt. Vergangenheit, Gegenwart und was sein wird.

Aber wir lachen auch herzhaft, viel und gerne. Zum Beispiel, als sie vergessen hatte, dass wir im Kino »Honig im Kopf« zusammen gesehen haben. Helene findet vergessen nicht nur doof. Aber lieber wäre ihr, sie könnte selbst bestimmen, woran sie sich nicht mehr erinnern will. An die Dinge, die schon Jahrzehnte her sind, erinnert sie sich in allen Einzelheiten, an eine Unterhaltung in der letzten Woche aber gar nicht. Da geht es ihr genau wie mir. Meine

Jürgen von der Lippe – Langspielplatten aus den 80ern kann ich bis heute Wort für Wort auswendig. Meinen nächsten Zahnarzttermin habe ich schon vergessen, wenn ich aus der Tür der Praxis trete. Ich habe zu diesem Phänomen kürzlich eine wissenschaftliche Abhandlung gelesen, aber an die kann ich mich auch nicht mehr so genau erinnern.

Zwischendurch vergisst Helene mich, meinen Namen oder auch die Tatsache, dass wir befreundet sind. Anfangs hat mich das gestört, verunsichert und traurig gemacht. Inzwischen kann ich ein bisschen besser damit umgehen und finde es nicht mehr so schlimm. Auf diese Weise können wir eben immer wieder aufs Neue Freundschaft schließen.

Heute besuche ich meine Oldies im Stift endlich wieder. Neben den Wunschhits von der Schlagerfront habe ich mir diesmal selbst ein Lied ausgesucht. Heute präsentiere ich von LeAnn Rimes: »Please remember«.

Epilog

Helene ist an COVID-19 verstorben. Ich vermisse sie sehr. Ihr Wissen, ihre Erfahrung und ihre Stimme fehlen mir. Ich konnte nicht bei ihr sein. Ihre Hand halten, ihr sagen, wie sehr ich sie liebe und was sie mir bedeutet. Ich habe versucht, mich zu erinnern, was ich zuletzt zu ihr sagte. Das kann ich jedoch nicht. Ich habe es vergessen.

Aber das macht nichts. Wenn ich jetzt ins Stift fahre, sprechen wir über unsere unterhaltsame Kratzbürste, unseren bunten Paradiesvogel, unsere Rebellin und liebe Freundin. Jeder weiß eine kleine Anekdote oder eine lustige Geschichte zu erzählen. Und auch wenn wir uns nicht an alles erinnern können … Helene bleibt unvergessen.

Altersbedingt

Optimismus

Ich sehe den 96-jährigen Herrn Schneider mit einem alten Dortmunder Telefonbuch und einem Textmarker am Tisch sitzen.

Ich: »Was machen Sie denn da, Herr Schneider?«

Herr Schneider: »Ich markiere alle Leute, an denen ich mich rächen will.«

Gereiftes Fleisch

Herr Schneider: »Ich will das auch machen.«

Ich: »Was denn?«

Herr Schneider: »Das mit dem Gummiband. Erst schubsen sie mich über 'ne Klippe und dann lassen sie mich titschen.«

Ich: »Herr Schneider, Bungee-Springen in Ihrem Alter…«

Herr Schneider: »Deswegen ja. Dann bin ich nicht mehr alt. Dann bin ich gut abgehangen!«

Kontrollierte Verwüstung

An der Supermarktkasse.

Ein älterer Herr: »Ich habe es eilig. Ich muss nach Hause und noch schnell meine Wohnung verwüsten.«

Kassiererin: »Warum das denn?«

Der ältere Herr: »Heute kommt meine Putzfrau.«

Kontrollierte Absage

An der Kinokasse. Ein Ehepaar.

Er: »Wir hätten gerne zwei Karten für die 11.00 Uhr-Vorstellung für den Film ‚Die Känguru-Chroniken’.«

Kassiererin: »Ich hätte noch einen Love-Seat frei.«

Er: »Dafür sind wir zu alt.«

Sie von hinten: »Was sagt sie?«

Er: »Das du während der Vorstellung auf mir drauf sitzen musst.«

Sie: »Wir wollen das mit dem Känguru und nicht ‚Stirb langsam’.«

Trotz und Verbot

Ich besuche meine Mutter. Eigentlich möchte ich gemütlich einen Kaffee trinken, ein Stück von ihrem Butterkuchen abstauben und herumjammern.

Wenn der Weltschmerz mich plagt, brauche ich meine Mutter. Sie hört mir zu und sagt nicht etwa Sachen wie: »Reiß dich mal zusammen« oder »Jetzt ist aber mal gut.« Mama versteht mich. Sie küsst meine Wangen, umarmt mich und nickt zustimmend. Auch, wenn mein Geplärre gar keinen Sinn ergibt und ich selber nicht verstehe, warum ich mich nur aufrege und nichts unternehme, um irgendetwas besser zu machen.

An diesem Tag betreut meine Mutter das Nachbarkind. Pauline, ein kleiner Tornado, zweieinhalb Jahre alt und in der Trotzphase. Mama kennt die Kleine seit ihrer Geburt und passt manchmal auf sie auf, wenn's klemmt. Als ich die Wohnung betrete, zuckt sie mit den Schultern und erklärt, dass sich die Situation spontan ergeben habe. Nach fünf Minuten in Anwesenheit des Kindes vermute ich, dass die Eltern den Trotzbrocken abgeladen und nach Australien ausgewandert sind. So, wie das Kind sich aufführt, kann man ihnen nicht übelnehmen, wenn sie erst zu Paulines Schulabschluss zurückkehren.

Ich wusste nicht, dass in einem so kleinen Menschen derart viel Platz für miese Laune sein kann. Pauline scheint nicht nur grundlos sauer, sondern geradezu zornig zu sein. Sie rennt mit dem Gesichtsausdruck von »Chucky, die Mörderpuppe« von Zimmer zu Zimmer und hält Ausschau nach Dingen, die sie zerstören kann. Zunächst räumt die Kröte im Wohnzimmer alle Schubladen aus und wendet sich dann den Küchenschränken zu. Dort zieht sie die große Schublade mit der Tupperware auf. Kurz darauf fliegen Plastikbehälter und deren Deckel quer durch die Diele. Die Gemütlichkeit fällt ins Wasser. Kaffee und Kuchen auch. Mein Geplärr hat Pauline übernommen.

Meine Mutter macht keinerlei Anstalten, das Kind in seine Schranken zu weisen.

Ich sehe sie fragend an. »Sieh zu und lerne!« empfiehlt sie entspannt.

Pauline tobt und verwüstet das Schuhregal im Flur. Ich versuche, die Kleine anzusprechen und ihre Aufmerksamkeit auf ein Puzzle zu lenken. Zwecklos. Meine Mutter summt vor sich hin und kocht Kaffee.

Ich will aufräumen. Meine Mutter schüttelt den Kopf.

Ich kann das nicht mit ansehen. Bevor ich weiter untätig dabei zusehe, wie eine Zweijährige aus der Wohnung ein Trümmerfeld macht, erledige ich ein paar Sachen für meine Mutter. Altpapier wegbringen, Eier und Kartoffeln bei Bauer Broder kaufen und Sprudelkisten in den 3. Stock schleppen.

Als ich mit der letzten Kiste oben ankomme, erlebe ich eine Überraschung. Das Kind ist damit beschäftigt, sämtliche ausgeräumten Gegenstände wieder in die dafür vorgesehenen Schränke und Schubladen zu verfrachten.

»Jetzt räumt sie alles wieder auf? Wie hast du das gemacht, Mama?«

Meine Mutter grinst und sagt: »Ich hab's ihr verboten!«

149

Die Annalen

Das geht in die Annalen ein …

Wo sind diese Annalen eigentlich, in die immer alles eingeht? Was ist das für ein Ort, an dem Geschichten eingelagert werden. Ein Vorort von Wattenscheid? Ein Stern neben Kassiopeia am Himmel? Wo finde ich die Annalen? In Anatolien? Auf dem Gipfel des Annapurna?

Geht es nur mir so, oder hören sich die Annalen ganz schwer nach der einzigen Öffnung an der Rückseite des menschlichen Körpers an? Gibt es ein globales Hinterteil, in dem alles, was Jahr für Jahr eingegangen ist, chronologisch registriert und abgelegt wird? So etwas wie einen Weltarsch?

Moment mal, klingt das nicht nach dem Hinterteil von Kim Kardashian?

Endlich verstehe ich, warum die Dame sich das Gesäß auf die Größe von Texas hat aufpumpen lassen. Ich hatte mich schon gefragt, was das soll. Jetzt ist mir klar: Das war 'ne Baumaßnahme.

Wenn Frau Kardashians Steiß-Vergrößerung der Schaffung von Platz für Aufzeichnungen, Berichte und Geschichten, die ihr zur Ablage in den Hintern geschoben werden, dient, ist es doch vollkommen unnötig, das eigene Leben mit Eigenfettinjektionen oder Silikonpolsterungen aufs Spiel zu setzen, um einem verzerrten Körperbild zu entsprechen, das als Schönheitsideal vorgelebt wird.

Es wäre nett gewesen, wenn es wenigstens einen kurzen Tweet aus dem Hause Kardashian gegeben hätte, der den Grund für das Brandenburger Tor um die Hüften erklärt.

So etwas wie: »Hi, my dear Followers, ich wollte euch wissen lassen, dass ich die Annalen beherberge, und deshalb mit verbreitertem Radstand daherkomme. Ich habe mir sagen lassen, dass in Deutschland entschieden wurde, diesen Bereich des Körpers nach mir zu benennen: ›Kimme‹. Thanks fans, it's an honor.«

Dann wäre klar gewesen, dass alle VIPs (Very Important Papers) in einem umher wandelnden Archiv lagern und der Begriff ›Allerwertester‹ eine ganz andere Bedeutung hat, als wir bisher angenommen haben.

Weil das aber nicht passiert ist, laufen jetzt Tausende von Frauen total grundlos mit künstlichen Brauereipferdeärschen in der Gegend rum. So hießen diese ausladenden Hinterteile nämlich, bevor Operationen unter Vollnarkose zur Freizeitgestaltung wurden. In den Jahrzehnten vor diesem Trend wollte keine Frau von hinten aussehen wie ein Kaltblüter. Seinerzeit gab es unzählige Anstrengungen, die den Scheunentoren entgegenwirken sollten. Die absurdesten Methoden wurden entwickelt, um die erklärten Problemzonen schnellstmöglich loszuwerden. Ich erinnere mich an Schönheitsmaschinen, bei denen die figurbewusste Frau, die aussehen wollte wie Twiggy, ein spindeldürres Supermodel aus den 60ern, sich einen Vibrationsgurt um den Hintern legte, um überschüssiges Körpermaterial abrütteln zu lassen. Das hat prima funktioniert, sieht man davon ab, dass die Rütteldamen danach ein paar Schrauben locker hatten.

Weil Speichermedien insgesamt immer kleiner werden, muss man damit rechnen, dass Frau Kardashian sich ihre Annalen auf die Größe eines USB-Sticks reduzieren lässt.

Es ist anzunehmen, dass ganze Planwagenladungen von Frauen zu Schönheitskliniken pilgern werden, um sich ihre Überstände wieder herunter stochern zu lassen. Und auch die ausgebauten Silikonkissen werden dann wohl einer anderen Verwendung zugeführt. In Sinne der Nachhaltigkeit vielleicht als Polsterung der Stühle in den Wartezimmern der Schönheitchirurgen.

Seit Pamela Anderson sich die Brüste vergrößern, dann verkleinern und dann wieder vergrößern ließ, haben sich Frauen, der Effizienz wegen, links ein B-Körbchen und rechts ein E-Körbchen montieren lassen. Deren Seitenansichten auf TikTok und Instagram können auf diese Weise tagesaktuell an Pamelas Oberweite angepasst werden. Allerdings sehen die Damen von vorne aus wie ein Obstregal im Supermarkt, in dem die Melonen direkt neben den Stachelbeeren liegen.

Jetzt mal ernsthaft. Ich bin nicht gegen Schönheitsoperationen. Überhaupt nicht. Wenn es helfen und heilen kann oder glücklich macht, warum nicht? Jeder kann aussehen wie er möchte. Was mich stört ist die Definition von Schönheitsidealen, denen man entsprechen soll. Ich habe den Verdacht, dass viele Menschen das Bedürfnis zur »Optimierung« oder Nachahmung erst gar nicht hätten, wenn die Gesellschaft äußerliche Besonderheiten feiern würde, anstatt sie zu verspotten. Charakter passt in jeden Körper.

Okay, Schönheitsideale hat es immer schon gegeben. Überall auf der Welt. Und sie unterliegen einem ständigen Wandel. Auch das war schon immer so. Schon vor Hunderten von Jahren haben insbesondere Frauen unermessliche Schmerzen und gesundheitliche Einschränkungen hinnehmen müssen, um diesen Idealen zu entsprechen. So wie das Füßebinden zum Beispiel, bei dem kleinen chinesischen Mädchen die Fußknochen gebrochen und danach bis zu irreparablen Schäden abgebunden wurden, damit sie besonders klein blieben.

Wir Frauen, die wir in unserer Zeit in der westlichen Welt leben, haben Glück, das wir uns diesen oder ähnlichen Traditionen und menschenverachtenden gesellschaftlichen Idealen nicht unterwerfen müssen. Für unsere Rechte auf Selbstbestimmung und Gleichstellung, die eigentlich selbstverständlich sein sollten, aber immer wieder neu erstritten werden müssen, haben Frauen gekämpft und sind dafür sogar gestorben. Ehren wir diese Frauen, indem wir unsere Freiheiten schätzen und nutzen.

Entschuldigung

Manchmal schreibe ich so vor mich hin und reflektiere überhaupt nicht, wie bescheuert ich bin. Ist nicht das erste Mal, und ich befürchte, es wird nicht das letzte Mal sein. Ich entschuldige mich dafür. Insbesondere bei Frau Kardashian und Frau Anderson: »Sie sind wunderschöne, kluge Frauen. Sich über Frauen lustig zu machen, weil sie ihre Freiheit nutzen und aussehen wie sie möchten, ist nicht cool. Große Reden zu schwingen, und selber blöd daher zu schreiben auch nicht. Verzeihen Sie bitte.«

Ich tue, was ich gut kann. Ich diene als schlechtes Beispiel. Und deshalb lasse ich die Geschichte in der Endfassung dieses Buches. Damit alle lesen können, wie man es nicht machen sollte.

Höflichkeit und Lüge

Von meiner Bekannten Lisa hatte ich ein Buch geschenkt bekommen.

Kurz darauf rief sie mich an: »Tut mir leid. Das ist gar nicht das Buch, das ich dir schenken wollte. Ich hatte meinen Sohn darum gebeten, es als Geschenk einzupacken. Es lagen aber zwei Bücher auf dem Tisch und er hat das falsche eingepackt. Ich habe gar nicht bemerkt, dass das richtige Buch noch auf dem Tisch lag. Bla, bla, bla …«

Ich: »Aber das macht doch nichts. Es ist ein interessantes Buch. Ich habe schon angefangen, es zu lesen. Bla, bla, bla …«

Nach dem Telefonat fischte ich das Buch aus der hintersten Ecke unserer Kramschublade in der Küche und stellte fest, dass es mit einer Widmung versehen war: »Schade, dass du gehst. Wir werden dich vermissen. Viel Glück im neuen Job. Alles Gute wünschen dir deine Kollegen Josy und Heinz.«

Aha. Da ist wohl jemandem ein Fehler aufgefallen, und jetzt wird versucht, die Sache glatt zu lügen.

Ich blättere ein bisschen in meinem Geschenk hin und her und lande auf der letzten Seite. Ich muss zweimal hinsehen. Da steht: »Liebe Josy, du kannst nicht immer das letzte Wort haben. Diesmal habe ich gewonnen. Ich hoffe, das Buch hat dir gefallen. Bis bald, dein Uli.«

Aha. Das ist kein Buch. Das ist ein Wanderpokal.

Später traf ich Lisa wieder, bedankte mich noch einmal ganz besonders herzlich für das Geschenk und beeilte mich ihr mitzuteilen, wie gerne ich es gelesen hatte und wie spannend es gewesen sei.

Da das Buch in keiner Weise meinem Geschmack entsprach, habe ich die Seiten mit den Widmungen vorsichtig herausgetrennt und die Reise des Pokals fortgesetzt mit dem Hinweis: »Lieber Hajo, ein tolles Buch. Musst du unbedingt lesen. Viel Spaß damit.«

Alles gelogen, aber ungeheuer höflich.

Ein Ziss

Wenn meine Mutter sich am Telefon gemeldet hat mit »Wehe du lachst!« wusste ich, jetzt wird's lustig!

Dann hatte sie nämlich Fragen, die sich aus der sich ständig verändernden Welt ergaben, wie zum Beispiel: »Was ist eigentlich schillen?«

Nachdem ich ihr erklärt hatte, um was es sich handelt, fragte sie nicht ohne Grund: »Und warum heißt das jetzt nicht mehr entspannen?«

Meine Mutter kam eben aus einer anderen Generation. Da hieß Flatrate noch Pauschaltarif und ein Striptease war ein Entkleidungstanz.

Einmal saß sie mit ein paar Freundinnen zusammen, rief mich an und fragte: »Wir fragen uns hier gerade, was ein Ziss ist.«

Ich musste ein bisschen herumrätseln, aber dann kam ich drauf: »Eine. Eine Sis. Das heißt Schwester, Mama!«

Und dann hörte ich am Telefon mit, wie meine Mutter ihren Freundinnen erklärte: »Edelgard, du bist die Ziss von der Margret. Und die Helga ist die

Ziss von der Erika und von der Lisbeth. Dann wäre das ja geklärt. Und jetzt schillen wir weiter!«

Und zu mir sagte sie: »Hör auf zu lachen! Ich ruf morgen nochmal durch. Dann musst du mir erklären, was ein Bitsch ist, Schätzchen. Wir alken jetzt noch ganz cremig ein paar Eierlikör. Ich mach 'nen Schuh und vertschüss mich! Mach's gut, Knut. Man riecht sich! Paris, Athen, auf Wiedersehen.«

Oh Mann, wie ich diese Anrufe vermisse!

Allmächtiger!

Wenn wieder irgend so ein Mist auf unserer Welt passiert, frage ich nach Gott. Dann möchte ich, dass er dafür sorgt, dass der Scheiß aufhört.

Ich bin nicht die einzige, die sich an Gott wendet. Es liegt einiges im Argen. Der Göttliche hat ein strammes Arbeitspensum. Geht man jedoch vom Sechstagewerk der Schöpfung aus, sollten die Bittgesuche problemlos von Ihm abzuarbeiten sein. Vielleicht werden ein paar Überstunden fällig und die Ruhe am siebten Tag entfällt, aber wenn einer es schaffen kann, dann Er. Vorausgesetzt, es gibt Ihn.

Meine Zweifel sind entstanden, weil Gott einen Großteil der eingehenden Anfragen ignoriert, obwohl es über Ihn heißt, dass Er immer für uns da ist und uns beschützt vor allem Bösen. Womit die Frage nach dem Teufel und der Hölle aufkommt. Den Himmel zu lokalisieren ist kein Hexenwerk. Aber wo soll die Hölle sein? Ich bin mir ziemlich sicher, dass selbst Wolfgang Petry dazu keine geografischen Angaben machen kann.

Wo also wohnt Luzifer? Der böse, hochmütige Rebell, der aus dem Himmel fiel, weil er gewissermaßen auch Chef sein wollte. Die Schilderungen erinnern mich an die Dassler-Brüder und ihre Firmen Adidas und Puma. Oder an die Albrecht-Geschwister und ihre Supermarktketten Aldi Süd und Aldi Nord. Genau wie die, sind Gott und der Satan getrennte Wege gegangen und haben zwei unterschiedliche »Unternehmen« gegründet. Mit dem Unterschied, dass die Geschwister allesamt nach wie vor dasselbe Ziel verfolgen. Das kann man von Gott und Luzifer allerdings nicht gerade behaupten.

Die Institution Kirche weiß die Mär von einem schaurigen, unwirtlichen Ort, an dem der gruselige Teufel das Fegefeuer anfacht, für ihre Geschäfte zu nutzen. Die Hölle und das personifizierte Böse eignen sich gut als Druckmittel, zur Angstmacherei, und um die Schäfchen in der Spur zu halten. Und es funktioniert besonders gut bei Kindern.

Ich bin katholisch erzogen worden. Mit allem Drum und Dran. Messdienerin, Kirchenchor, Jugendfreizeiten in Österreich und Oberbayern. Einerseits war das ganz schön, andererseits machte es mich von Anfang an zur Sünderin. Weil Jesus für mich am Kreuz gestorben ist. Er hat dieses ultimative Opfer, ein paar tausend Jahre bevor ich geboren wurde, erbracht.

Diese Schuld ist sozusagen mein katholisches Grundrecht als Sünderin. Eine verordnete Dauerschuld, die ständig auf der Bühne meines Lebens bleibt. Ohne Auf- oder Abgänge. Sie ist Teil meiner menschlichen Kulisse. Das Stück kann ich nicht absetzen oder umschreiben. Es wird lediglich hier und da von Kurzauftritten einiger Nebendarsteller ergänzt. Zum Beispiel durch eine Extraportion der Schuld auf Einzelsündenbasis. Zur Hilfe kommen dem erhobenen katholischen Zeigefinger dabei die 10 Gebote, gegen die man nicht verstoßen soll, und die sieben Todsünden Neid, Völlerei, Habgier, Wollust, Hochmut, Trägheit und Zorn. Was mich betrifft, kommt am häufigsten »Völlerei« vor. Keine große Überraschung, oder?

Damit der Katholik nicht an der Schuld zerbricht, kann er sich bei einem irdischen Diener Gottes durch die Beichte von seinen Sünden befreien. Dazu wirft sich der Pfarrer eine Kutte über und empfängt den Sünder im Beichtstuhl. Ein zweifelhaftes Konzept. Erst beladen sie mich mit Schuld, und dann offerieren sie ganz scheinheilig die Befreiung davon. Da mach ich nicht mit. Zumal der herkömmliche Beichtvater kein in Armut lebender Diener Gottes ist, sondern ein Mensch, dessen Gehalt sich nach dem Beamten-besoldungsgesetz richtet. Und das beschert dem (Bescheidenheit predigenden) Pfarrer ein stattliches Sümmchen jeden Monat.

Ich war überrascht, als ich erfuhr wie die Ver-gütung aussieht, wenn es um die katholische Beletage

der Bischöfe, Weihbischöfe, Kardinäle, Oberkirchen-
räte und der zahlreichen weiteren Mitglieder der
katholischen Elite geht. Die werden nämlich nicht
wie die Priester von der Kirchensteuer bezahlt. Die
erhalten ihr Gehalt vom Staat, also von allen Steuer-
zahlern. Ich nehme an, dass dieser Umstand vor allem
die Bürger und Bürgerinnen des Landes wundert,
die keiner Konfession oder einer anderen Religions-
gemeinschaft, wie zum Beispiel dem Islam, dem
Judentum oder den Orthodoxen angehören.

Die Gehälter der katholischen Kleriker aus der
A-Liga richten sich nach den Besoldungsstufen von
Spitzenbeamten. Grundgehalt eines Bischofs: zirka
8.000 Euro. Grundgehalt eines Erzbischofs: bis zu
12.000 Euro. Pro Monat! Zusätzlich dazu gibt's eine
Dienstwohnung und einen Dienstwagen mit Fahrer.

Versteht das einer? Haben die in ihrem Tod-
sündenkatalog mal unter »Habgier« nachgeschlagen?
Wie bin ich eigentlich auf die Idee gekommen, dass
unsere Kirchendiener bescheiden und genügsam
leben und einen Esel in der Garage haben? Wofür in
Gottes Namen braucht ein Erzbischof 12.000 Euro
pro Monat? Der hat keine Kinder, deren Erziehung
und Ausbildung finanziell gestemmt werden muss.
Der muss kein Haus abbezahlen, oder ist noch 'ne
Hypothek auf dem Petersdom? Was soll das? Bin
ich die einzige, die das nicht kapiert? Habe ich was

verpasst? War Jesus in der S-Klasse unterwegs? Und dann stellt sich heraus, dass einige der Herren unter ihren heiligen Gewändern von der allerübelsten Sünder-Sorte sind, und die Kirche ihre kriminellen pädophilen Angestellten deckt.

Meine Mutter war eine gläubige katholische Christin. Sie hat nicht von der Kanzel gepredigt, sondern in ihrem Rahmen versucht, etwas zu tun, um die Welt ein Stück besser zu machen, auch, wenn sie es manchmal ein bisschen zu gut gemeint hat.

Als der Missbrauch bekannt wurde, ist sie daran fast zerbrochen, jedoch trotzdem bis zum Ende ihrer Tage bei dem Verein geblieben. Ich nicht. Ich konnte das nicht, zumal ich als Kind das ganze scheinheilige Brimborium »in gutem Glauben« mitgemacht habe.

Bevor man die heilige Kommunion empfängt, in meinem Fall übrigens in einer unerträglich kratzigen Strumpfhose, die noch dazu drei Nummern zu klein war und deren Zwickel mir in den Kniekehlen hing, muss man das erste Mal zur Beichte. Da ist man in der Regel um die neun Jahre alt. Weil mein Bruder und ich in dem Alter noch keine üblen Sachen verbrochen hatten, haben wir Sünden erfunden. Mein Bruder hat gebeichtet, dass er meine Barbiepuppe absichtlich kaputtgemacht hat, und ich habe angeblich Geld aus seiner Spardose geklaut. Erstens: Ich hatte keine Barbie-Puppen. Ich hatte ein selbstgeschnitztes

Boot mit dem Stück eines alten Unterhemds als Segel und einem viel zu großen Stein als Anker. Zweitens: Mein Bruder ist mit seinem Taschengeld immer sofort zum Kiosk gelaufen, um sich die neuesten Comic-Hefte zu kaufen. Der hatte nie auch nur einen Pfennig in seinem Spar-Elefanten. Wir haben also tatsächlich im Beichtstuhl gelogen, um von Sünden befreit zu werden, die wir nicht begangen hatten. So hat das kirchliche Angstmanagement bei Kindern funktioniert.

Aus der Kommunion wurde ein großes Ding gemacht. Der Leib Christi. Die geweihte Hostie. Das erste Mal. Als Kind stellt man sich darunter Gott weiß was vor. Die Enttäuschung war riesengroß, als mir eine trockene Oblate ins Gesicht gepresst wurde, die sich noch dazu nicht essen ließ, weil die Oblate ohne Kokosflocken obendrauf dazu neigt, am Gaumen kleben zu bleiben. Da wird meiner Ansicht nach am falschen Ende gespart. Anstatt Bischöfen dreißig Millionen Euro für Prunkgemächer zur Protzerei zur Verfügung zu stellen, sollte die Kirche vielleicht darüber nachdenken, Oblaten durch Himbeerbonbons zu ersetzen. Dann könnte man sich den Leib Christi rund lutschen und hätte länger was von Ihm. Ich glaube, Jesus hätte das gefallen. Und außerdem löst das ein Problem der neueren Kirchengeschichte. Im streng reglementierten Hostien-Rezept

165

der katholischen Kirche steht nämlich Weizenmehl. Mal an eure Gluten-Allergiker gedacht, liebe Spitzenverdiener?

Dass es Jesus gegeben hat, ist eine historische Tatsache. Den Mann, der versucht hat, den Menschen klar zu machen, dass es auch anders geht. Dass man sich nicht ständig die Köppe einhauen muss. Eine Revolution in seiner Zeit. Da war Nächstenliebe nämlich nicht gerade populär. Und weil das so außergewöhnlich war, sind seine Kumpels rumgelaufen, um die frohe Kunde zu verbreiten. »Leute, Birne einschlagen ist out. Ab sofort halten wir die andere Wange hin. Wir verzeihen und lieben uns. Und übrigens, der Typ da ist Gottes Sohn.«

Und an dem Punkt wird's für mich holprig. Da schwanke ich zwischen: ‚Ja, geht klar‘ und ‚Alles Unsinn‘. Ich möchte ja daran glauben, dass es eine Instanz gibt, die gütig ist, und immer das Richtige tut. Etwas, dass uns helfen kann, die Dinge zurechtzurücken. Und dass es tatsächlich Gott war, der uns seinen Junior geschickt hat.

Gläubige Christen glauben daran. Ohne Beweise. Deswegen heißt es glauben und nicht wissen. Sie sehen in Gott zugleich Vater, Sohn und Heiligen Geist. Diese Vorstellung nennen sie Dreifaltigkeit. Psychologen nennen das multiple Persönlichkeitsstörung. Also sind die jetzt ein und derselbe oder doch getrennt unterwegs?

Ich schätze, mein größtes Problem ist, dass ich Gott nicht sehen kann. Mal abgesehen von diesem einen Mal, als ich mit zehn dachte, Gott materialisiert sich vor meinen Augen mit öligen Haaren und Lederjacke, in einem 1948 Ford De Luxe Convertible, und heißt John Travolta. Ich meine, zusammen gesehen habe ich die beiden bis heute nicht …

Ich glaube an alles Mögliche. Das Kuchenbacken in Tassen möglich ist, dass auch Frau Merkel über Helge Schneider lachen kann, und dass in der Frisur von Donald Trump das A- und das B-Hörnchen wohnen. Und ich glaube daran, dass Jesus ein ziemlich cooler Typ gewesen ist. Wie würde das wohl heute aussehen, wenn der Messias missionarisch verbreiten würde, dass wir uns lieben, verzeihen und die andere Wange hinhalten sollen. Würden wir ihn dann weniger für unseren Erlöser, sondern mehr für einen Spinner halten, der unter Realitätsverlust leidet und sich gerne mal vertrimmen lässt?

Die sozialen Medien wären ein außerordentlich nützliches Werkzeug für den Heiland gewesen. Jesus' Twitter-Account wäre sicher mit einem weißen Häkchen im blauen Kreis in der Kategorie »Aktivist« versehen. Was der gute Hirte wohl getwittert hätte?

»Heute wieder 600 Liter Wasser in Wein verwandelt. Hoch die Tassen, Leute.«

»Flashmob am Mittwoch um zehn vor dem Tempel in der Betenstraße. Wir performen die Schlüsselszenen aus ‚Jesus Christ Superstar' und ‚Das Leben des Brian'. Halleluja!«

»Predigt gestern war spitze. Zwei Statthalter bekehrt und sechs Römer verärgert. Danke für euren Support, Heureka.«

»Steinigung wegen Regen abgesagt. Petrus hat's gerockt. Danke, Dad!«

»Folgt mir. GTG«

»Ich hab Zoff mit Pilatus. Hab ihm verziehen, ihn geliked und ein Smiley für ihn gemalt.«

»Meine Jünger Matze, Hannes und Jupp waren gestern fischen. Wer Bock hat, kann zu Scholle Müllerin Art vorbeikommen. Jeder bringt was mit. Brot zum Brechen fehlt noch.«

»Veranstaltungshinweis: Johannes aka der Täufer drückt am Dienstag wieder ein paar von uns unter

Wasser. Adresse: Jericho/Jordan, Uferstelle 1, Karten im Vorverkauf und an der Abendkasse gegen die Spende von ein paar Schekeln für Nasenklammern.«

»Wink mit dem göttlichen Zaunpfahl: Bei der Beichte zu lügen ist echt kontraproduktiv. Falls es noch jemanden gibt, der es nicht mitbekommen hat: Mein Vadda ist der Schöpfer und sieht und weiß alles!«

Wir könnten ein paar »Jesüsse«, »Jesen« oder »Jesatoiden« ... wie auch immer ... auf Twitter gebrauchen. Als Gegengewicht zu den dämlichen Hetzern und Hatern.

Und ich fände es nicht schlecht, wenn in diesem Zusammenhang Frauen eine Rolle spielen würden. Wird ja wohl auch mal Zeit, nach der Ignoranz dem weiblichen Geschlecht gegenüber. Die Jünger von Jesus: alles Männer. Die Autoren der vier biblischen Evangelien: alles Männer. Jesu Geschwister im Neuen Testament: Jakobus, Josef, Judas und Simon. Natürlich alles Männer. Da muss man ja regelrecht froh sein, dass Maria freundlicherweise erwähnt wird.

Okay, das sind die alten Geschichten und die Vergangenheit kann man nicht ändern. Aber dass es bis zum heutigen Tage in der katholischen Kirche nicht möglich ist, dass Frauen Priesterinnen werden können, finde ich eine unverschämte Frechheit. Da treten mir die Adern aus dem Hals. Da schwillt mir der Kamm.

Stattdessen werden Frauen gerne als ehrenamtlich Tätige eingesetzt. Freiwillig und natürlich unentgeltlich, ohne Beamtenbesoldungssatz. Der ist in der katholischen Kirche den Männern vorbehalten. Genau wie Protzbadewannen, Spielschulden und Missbrauchsskandale. Ohne Frauen, die sich engagieren, kümmern und einsetzen, läuft der Laden doch überhaupt nicht. Und ich habe auch noch nie einen Bischof ein paar Handyhüllen für den Kirchenbasar häkeln sehen.

Und nicht nur deshalb nominiere ich hiermit für die nächste Papstwahl: »Jesusa, die Heiländerin«.

Amen.

Schlussgebet

»Lieber Gott, ich möchte an dieser Stelle keinen Wunsch äußern oder Bedingungen für meinen Glauben an dich stellen. Heute möchte ich mich einfach mal für die Feiertage bedanken. Christi Himmelfahrt, Fronleichnam, Allerheiligen und so. Rechne ich dir hoch an. Allerdings sehe ich Nachbesserungsbedarf. Es ist doch so, dass Du es warst, der unseren riesengroßen

Planeten erschaffen hat. Und dann gibst du mir nur die paar Urlaubstage im Jahr, um die ganze Scheiße zu bereisen. Wie stellst Du Dir das vor? Wie soll ich das denn schaffen? Deshalb möchte ich ein bis zwei Fürbitten zur Erweiterung der kirchlichen Feiertage stellen. Wie wäre es neben Allerheiligen mit »AllerGENE«, als Wiedergutmachung für alle Gluten-Allergiker, die von den Hostien die Scheißerei bekommen. Oder auch »Bezos Himmelfahrt«, zum Gedenken an alle Milliardäre, die nicht sterben müssen, um in den Himmel zu kommen. Die bezahlen einfach dafür.

Wenn das auf die Schnelle nicht möglich ist, möchte ich Dich bitten, ein Auge zuzudrücken, wenn ich meine Krankenscheine auch im kommenden Jahr wieder strategisch plane und einreiche, um auf acht Wochen Urlaub am Stück zu kommen. Ich kann Dir anbieten, für diese Sünde ein angemessenes Sümmchen in den Opferstock zu legen. Dann hätte ich auf dem Flug nach Hawaii nicht so viel seelisches Übergepäck dabei. Ich könnte per PayPal zahlen. Mit Sünderschutz. Ich schätze, in meinem Fall könnten wir auch gleich das Lastschriftverfahren einrichten. Dann kannst du dafür, dass ich eben ,Scheiße' geschrieben habe, die Buße-Gebühr direkt einziehen. Anstatt Beichtstuhl. Ich schlage vor, du sprichst das mit Papst Franziskus ab. Der ist schließlich der Stellvertreter Deines Sohnes. Habt ihr eigentlich 'ne WhatsApp – Gruppe, oder wie läuft das? Dann könntet ihr auch gleich klären, ob ich 'ne Spendenquittung bekomme. Ich bedanke mich vorab für Deine göttliche Nachsicht.

Herzlichst, Deine Sünderin, linke Weltkugelhälfte, ziemlich mittig, weiter oben. Das ist jetzt ziemlich unkonkret, aber dass ich keinerlei Orientierungssinn habe und eine geografische Null bin, hast Du zu verantworten. Du hast mich mit all meinen Schwächen erschaffen und … nein, schon gut. Das wird mir zu teuer. Du weißt ja selbst, wo es ist.

P.S. Über die Fastenzeit reden wir dann das nächste Mal. Da besteht dringender Handlungsbedarf, wenn Du mich fragst! YOLO!

Nachschlag

Vollkommen unabhängig von der Institution Kirche finde ich die Vorstellung von Gott sehr schön. Dass es etwas gibt, das auf mich wartet, wenn ich sterbe. Dass da jemand ist, und nicht nur einfach der Deckel zugeht, wenn es vorbei ist. Seit meine Mutter verstorben ist, konsultiere ich Gott häufiger. Ich möchte unbedingt glauben, dass sie da oben bei Ihm ist.

Ich schätze, das ist der Sinn der Sache. Dass ich meine eigene Vorstellung von Gott habe. Dass ich in den Himmel schauen kann und das Gefühl habe, meine Mutter ist noch da. Da oben. Neben dem Gott, an den sie so sehr geglaubt und den sie so sehr geliebt hat. Und sie hat keine Schmerzen, keine Tränen in den Augen und lächelt mir zu. In solchen Momenten kann ich meine Mama vor mir sehen, ihr Parfum riechen und hören, wie sie bei jedem Abschied und am Ende eines jeden Telefonats sagt: »Gott schütze dich, mein Kind.«

Warum soll ich das aufgeben? Gott ist gut. Vielleicht, weil er in Menschen wie meiner Mutter sichtbar wurde und eigentlich in jedem von uns zum Vorschein kommen kann. Darum geht's.

Eins noch

Ich: »Himmel Herrgott noch eins.«

Meine Mutter: »Man beschwert sich nicht über Gott!«

Ich: »Dann eben Jesus Christus nochmal.«

Meine Mutter: »Man geht auch nicht zu Gott und petzt!«

Zitatnachweis

Filmzitat aus:

Kordt, Peter: »Ich seh dir in die Augen, Kleines« – Das große Buch der Filmzitate

Die besten Dialoge aus mehr als 2000 Filmen

Herausgeber und Verlag: Schwarzkopf & Schwarzkopf Berlin 2004, aktualisierte, erweiterte Neuauflage 2004

Danksagung

Einige Geschichten in diesem Buch sind wahr, andere sind komplett erfunden. Bei wieder anderen hat mich eine tatsächliche Begebenheit, eine Person des öffentlichen Lebens, jemand aus meinem Privatleben oder ein einziger gesprochener Satz zu einer mehrseitigen, vollständig erdachten Erzählung inspiriert. Es gibt also viele kleine Tatsächlichkeiten aus unterschiedlichen Quellen, die ich zum Ausdenken von fiktiven Geschichten nutzen konnte.

Mein Dank gilt daher all jenen Menschen und Tieren, die mich auf diese Weise inspiriert haben.

Von Frieda Unsinn ebenfalls bei BoD Books on Demand erschienen:

WARUM IST EIGENTLICH NIE EIN AUFTRAGSKILLER ZUR HAND, WENN MAN IHN BRAUCHT?

Komische Geschichten I Lustige Erzählungen I Schräge Anekdoten

»Draußen nur Kännchen«

Komiker: »Ich muss los. Könntest du mir bitte noch schnell einen Kaffee machen?«

Ich: »Das wäre dein achter oder neunter Becher.«

Komiker: »Ich verlange nichts weiter. Kein Lösegeld, keinen Fluchtwagen, keinen freien Abzug. Nur einen Kaffee. Dann muss niemand sterben.«

Gibt es Phantom-Fett? Handelt es sich um ein politisches Statement, wenn man einen russischen Zupfkuchen mit dem Fahrrad überfährt? Warum trägt Batman Badelatschen? Was hat Elvis mit einem Hamster und einer Tampon-Schachtel zu tun? Gilt es in manchen Kulturen tatsächlich als attraktiv, wie eine Hüpfburg auszusehen?

Unsinn, Tiefsinn, Irrsinn, manchmal trotzdem überraschend sinnvoll. Eine Sammlung von Geschichten ohne roten Faden. Geht ja schließlich nicht um Makramee.

Lesen, lachen, laufen lassen!

Erhältlich als Taschenbuch oder als eBook.

© 2024 Frieda Unsinn
Herstellung und Verlag:
BoD Books on Demand, Norderstedt

ISBN-Taschenbuch: 978-3-759-72957-6